KB076167

마흔에는 잘될 거예요

마흔에는 잘될 거예요

권수호 지음

나를 성장시키는 인생의 전환점에 지금 막 도착했습니다

"어떻게 살 것인가?"와
"어쨌든 잘 살고 싶다!" 사이에서
방황하는 어른들이 읽어야 할
필수 마흔 입문서

메
카르북스

◆

마흔 되면 달라질 줄 알았지

새빨간 거짓말. 마흔이 되면 대단한 사람이 되어 있을 줄 알았다. 높은 사회적 지위와 경제적인 여유, 화목한 가정을 이루며 살고 있을 거야. 성숙한 인격으로 존경받는 사람이 되어 있겠지. 살아 보니 이게 얼마나 큰 착각이었는지 새삼 깨닫게 된다. 세상에는 나보다 잘난 사람들이 수두룩했다. 그들 사이에서 나는 결코 주인공이 될 수 없었다.

토요일 오후, 전날 늦게까지 이어진 회식 때문에 깨질 듯이 아픈 머리를 부여잡고 일어났다. 아내의 원망 섞인 문자 메시지만이 본능적으로 주말 내내 자숙해야 할 것을 알렸다. 세수하러 가다 옆에 있는 전신 거울 앞에 멈춰 섰다. 평균에 모자라는 키, 가느다란 팔다리와 어울리지 않게 볼록 나온 배, 불면 날아갈 것 같은 머리칼과 눈가의 잔주름은 이 평범한 세상살이마저도 만만하지 않다는 걸 말해 주고 있었다. 눈앞에 보이는 이 조그만 남자가 가정을 이루고 일을 해 번 돈으로 자식을 먹여 살리고 있다는 사실이 선뜻 믿기지 않는다.

~~~~~~

월요일 새벽, 억지로 몸을 일으켜 간신히 출근해 업무에 치이다 보면 어느새 금요일. 동료들과 술잔을 부딪치며 칼칼한 삶을 넘긴다. 숙취에 찌들어 혼탁한 주말을 보내고 겨우 정신을 차리니 어느새 또 출근해야 하는 날이 다가온다. 비슷한 삶의 무한 반복. 이것이 거울 속 남자의 인생이었다.

"늙었다."

툭 하고 내뱉은 말이었지만 유난히 속이 시렸다. 바쁘게 사는 건 좋은데 내가 어떻게 여기까지 왔는지 그 과정이 보이지 않았다. 거울 속 나는 내가 소망했던 나의 모습과 많이 달랐다. 그저 행복해지고 싶었을 뿐인데. 난 지금 행복할까? 앞으로 행복할 수는 있을까? 어쩌면 나는 행복이 무엇인지도 모른 채 사는 건 아닐까?

거울 앞에 일그러진 얼굴처럼 어쩌면 나의 인생도 균형을 잃고 한쪽으로 치우쳐 있을지도 모른다. 이리저리 흔들리는 삶을 용케 버텨 내고는 있는데, 과연 이런 식으로 평생 살아갈 수 있을까? 아슬아슬함을 버티지 못하고 한순간에 삶을 잃어 가는 동료와 이웃들의 얘기에 덜컥 겁이 난다.

삶의 균형.

마흔을 앞둔 어느 봄날에 처음으로 '균형 잡힌 인생'이란 무엇일까 생각하게 됐다. 어쩌면 무언가를 '이루는' 것보다 '맞춰 가는' 것이 더 중요하지 않을까? 무기력증과 무료함 그리고 풀리지 않는 스트레스로 괴로워했던 이유가 인생의 밸런스를 잃었기 때문임을 알게 되었고, 기울어진 삶의 균형을 되찾기 위해 나 자신을 되돌아보기로 했다. 작은 것 하나도 놓치지 않으려고 노력했다.

별 볼 일 없는 인생이란 누가 정의한 것인가. 부끄럽지만 그건 내가 만들어 낸 편견이었다. 삶이 아름답지 않았던 건 아름답게 보지 못했기 때문이다. 우리 인생은 한쪽으로 치우치지 않는 것만으로도 전에 없던 활기를 되찾을 수 있다. 이것은 중요한 문제다. 잃어버렸던 균형을 조금씩 되찾는 일이야말로 삶을 행복하게 만드는 근원이 될 수 있다.

이 책은 인생의 전환점에 다다른 평범한 남자가 삶의 균형을 찾아가며 맞닥뜨린 일상의 이야기를 담고 있다. 건강, 돈, 가족, 인간관계 등. 우리는 이미 우리 삶에 어떤 요소가 필요한지를 안다. 하지만 이런 뻔한 조건들이 적절하게 균형을 이루지 못한다면 우리는 결코 행복할 수 없다. 특별할 것 하나 없이 평범한 사람들도 알고 보면 그 속에서 자신만의 밸런스를 유지하기 위해 끊임없이 노력하고 있다. 결국 행복한 삶은 인생을 살아가며 만나는 수많은 일들 한가운데에서 균형을 유지하고 있어야 가능한 일이다. 인생의 성공과 성장에는 반드시 균형이 필요하다.

기울어진 인생의 밸런스를 맞추기 위해 노력했던 지난날의 기록을 이곳에 담았다. 가정에서, 회사에서 또는 어디서든 삐거덕거리고 있는 사람들이 이 책을 읽었으면 좋겠다. 마흔이라는 나이에 다다른 사람들, 인생의 전환점에 선 이들에게 아주 작은 도움이라도 될 수 있다면 더 바랄 게 없다.

먹고살기 바쁘다는 변명은 이제 그만하는 게 어떨까. 진짜 나를 성장시키고 행복하기를 원한다면 기본 자격부터 갖춰야 한다. 삶의 균형을 유지할 수 있다면 이제부터는 정말 잘될 일만 남았다.

마흔이다. 이제 후반전을 시작하자.

차례

◆

1장

네, 저 마흔
입니다

─ 유혹에 흔들리는 나이

2장

**마혼부터
달라지기로
했습니다**

- 진짜 나와 마주하기

3장

마흔에는 더
잘될 거예요

_이제는 챙겨야 할 것들

1장

네, 저 마흔입니다

_유혹에 흔들리는 나이

일할 땐 적당히, 놀 땐 열렬히,
그리고 주말엔 소파에 누워 쉬고 싶은 마흔.
이런 어른도 괜찮을까요?

술 없이 무슨 재미로 사냐고 물으신다면

눈을 떴다. 방바닥에 이불도 없이 엎어져 있는 내 모습. 지 끈거리는 머리를 부여잡고 일어났다. 주위를 둘러보니 셔츠와 바지, 양말이 방바닥 위를 나뒹굴고 있다. 팔뚝과 입술이 따끔거려 거울을 봤다. 다쳤는지 피가 흐르다 굳어 검붉은 색깔이 되어 있었다. 잠시 멍 하니 있다가 지난밤 일을 기억하려 애썼다. 퍼즐이 맞춰지듯 하나씩 기억나기 시작했다.

회식이 있었다. 마치고 집에 가려는데, 인근 술집 앞에서 담배를 피 우며 이야기를 나누던 다른 부서의 사람들을 만나게 됐다. 그렇게 합 석. 2차, 3차 술잔을 주고받았던 기억, 지하철역에서 잠시 정신을 차렸 던 기억, 그리고 넘어졌던 기억. 이것 말고는 아무것도 생각나지 않는 다. 이렇게까지 필름이 끊겨 본 적이 있었던가. 도망가 버린 기억을 붙 잡으려다가 머리가 아파 다시 잠들어 버렸다. 일어나 보니 집에 아무 도 없다. 아내는 원망 섞인 메시지를 남기고 아이와 함께 외출했다. 둘 다 감기에 걸려 골골대고 있었는데 가장이라는 사람이 술에 떡이 되어 서 제 몸도 못 가누고 들어와 뻗었으니 얼마나 서운했을까. 지난밤의 여파로 누가 머리통을 쥐어짜는 듯 아파 왔지만 그것보다 더 무서운

건 따로 있었다.

기억이 사라져 버린 어제의 몇 시간.

혹시 어제 내가 술을 먹다가 실수한 것은 없었을까 불안하고 초조하다. 휴대폰 통화 목록과 문자 내용을 보니 지하철역에서 나와 결국 택시를 타고 온 것 같은데 그마저도 기억나지 않는다. 내가 한 일을 내가 모른다는 것만큼 두려운 게 있을까. 등골이 오싹해지며 공포감이 몰려왔다.

○ ○ ○ ○ ○

인생에서 술을 빼면 뭐가 남겠냐는 우스갯소리가 오늘따라 묵직하다. 직장 생활을 하면서 술을 빼놓을 순 없었다. 술은 원만한 인간관계와 단합을 위한 도구가 되었고 온갖 스트레스를 견뎌 낼 수 있도록 나를 위로해 주었다. 술과 함께한 그 시간은 줄곧 즐거웠지만 가끔 조절이 안 되고 필름이 끊기는 현상이 반복되니 점점 무서워지기 시작했다. 더는 이런 고통을 받기 싫다. 어떤 식으로든 극복해야 한다.

보건소 홈페이지에 들어가 자가진단을 시작했다. 최대한 보수적으로 입력했지만 결과는 둘 중 하나였다. '상습적 과음주자'로 주의가 필요하거나, '문제적 음주자'로 적절한 조치가 필요하다는 것. 어쨌거나 문제가 있으니 조심하라는 결론이다.

사실 예전에도 자가진단을 해 본 적이 있었다. 그때도 지금과 비슷했던 것으로 기억한다. 하지만 당장 전문가와 상담을 해야 한다거나 입원 치료를 해야 하는 정도는 아니라서 별다른 신경을 쓰지 않았다. '알코올 중독은 아니잖아. 이 정도면 괜찮지.' 하는 마음이었다. 그리고 고작 몇 년이 흘러 버린 지금, 나는 똑같은 결론을 완전히 다른 마음으로 바라보고 있다.

"술은 괜찮아. 술 없이 무슨 재미로 살아."

술과 함께해 즐거웠다고 생각했던 시간을 다시금 돌아보니, 어쩌면 나는 그동안 내 삶을 조금씩 갉아 먹고 있었던 게 아닐까 하는 생각이 들었다. 필름이 끊어진 날, 평생 동안 친구라고 믿었던 술이라는 녀석의 진짜 모습이 무엇인지 처음으로 의심하기 시작했다.

여전히 나는 술자리를 좋아하는 사람이지만, 멀쩡한 정신을 지키기 위해 이제부터라도 술에 대한 마음을 조금 바꿔야 할 것 같다. 매번 정신줄을 놓고 살다간 생명줄을 놓게 될 수도 있으니까 말이다.

✦ 할부의 기쁨

　　　　청소기가 고장 났다. 저렴하지만 성능은 꽤 괜찮은 제품이
었는데 전원 스위치 부분이 망가졌다. 유명한 브랜드가 아니라서 서비
스센터에 가려면 차를 타고 30분을 가야 한다. 게다가 이미 두 번이나
고쳤는데 또 망가지는 걸 보니 이제는 보내 줘야 할 때가 온 것 같다.

○ ○ ○ ○ ○

　사람 마음이 참 신기하다. 갖고 싶은 게 있으면 그것만 눈에 보인다.
하루 종일 청소기 생각을 하고 청소기를 검색하며 청소기 노래를 부르
고 다녔더니 결국 아내도 내 편을 들어 주었다. 돈 없다고 싼 것을 샀다
가 버리지 말고, 이번엔 비싸더라도 오래 사용할 수 있는 걸로 사란다.
　'미안, 여보. 나도 알아.'
　문제는 청소기가 그냥 비싼 게 아니라는 거다. 요즘 나오는 대기업의
무선 청소기만 해도 백만 원이 훌쩍 넘는 가격이지만 아내의 전격 허
락에 그동안 엄두도 내지 못했던 제품을 구매 리스트에 올려놓고 비교
하기 시작했다.
　고민 끝에 AS가 조금 더 편리한 제품을 사기로 했다. 인터넷에서 최

　　　　　　　　　　　　　　　마흔에는 잘될 거예요

저가를 검색하고, 제휴카드나 다른 이벤트가 있는지도 알아봤다. 찾고 또 찾아봤지만 최저가가 80만 원이다. 그래도 비쌌다. 요즘 돈 나갈 데 가 많기도 하고 이번 달 자금 상황을 보면 사지 않는 게 맞다.

그렇지만 이성과 감성은 따로 논다. 요즘 소비는 '가심비(價心比)'란 다. 가격보단 내 마음의 만족이 중요하다. 이미 내 머릿속은 갖고 싶다 는 욕구로 가득 차 있다. 그리고 이 감정은 참으로 통제하기 힘들다. 머 리는 끊임없이 다음에 사자고 외쳐 대지만, 가슴에서는 온갖 대응 전 략을 만들어 냈다.

'지금까지 청소기를 서너 개나 사다 써 봤는데, 성능도 별로였잖아?'

'싼 것은 싼 값을 하던데. 맨날 고장 나고.'

'어차피 또 바꿀 거 이번에 제대로 하나 사는 게 낫지.'

'고장 나도 AS 받으면 되잖아?'

술에 취한 것도 아닌데 나도 모르게 어딘가에 홀린 기분. 어쨌든 내 마음은 사야 한다는 쪽을 향해 가고 있었다. 원하는 걸 가질 수 있다는 유혹, 세상에 이보다 더 달콤한 것이 있을까. 이렇게 흔들리는 모습을 보고 있자니 불혹이라는 말은 나에게 해당되지 않는가 보다.

○ ○ ○ ○ ○

결제 버튼을 누른 건 내가 아니라고 말하고 싶다. 몇 초가 지나자 마 음 깊은 곳에서 한숨 소리가 들렸다.

'또 홀렸냐. 어휴. 너 이번 달 적자라며. 뒷감당은 어떻게 하려고.'

'내가 지른 거야?'

이쯤 되면 거의 이중인격이다. 지름신 강림에 잠시 넋이 나가 있던 내 모습. 모든 이성과 감정이 배제된 채 그저 갖고 싶다는 욕구로만 가득했던 내 모습. 정말이지 욕심에 눈이 멀면 이성적인 판단을 전혀 할 수 없겠다는 생각이 든다.

지름신은 몰래 내게 다가와 마음을 독차지하고 정신을 혼미하게 해 결국 갖고 싶은 걸 사게 만든다. 그리고 목표를 달성하면 조용히 사라진다. 이번에 산 청소기는 그나마 필요했던 물건이라서 다행이라고 해야 하나?

결제 내역이 담긴 휴대폰 문자 메시지가 여전히 내 마음을 불편하게 만든다. 너무 무리한 결정은 아니었을까? 모르겠다. 이미 샀다. 무이자 할부라 괜찮겠지. 아직 카드 결제일은 한참 남았으니 그때까지는 새 청소기로 청소하는 기쁨을 누리는 게 정신 건강에 이로울 듯하다.

진심의 또 다른 표현

　　오늘도 미세먼지가 '매우 나쁨'이다. 도대체 몇 주째인지 모르겠다. 미세먼지 마스크는 가격은 둘째 치고 숨쉬기가 답답해서 잘하지 않게 된다. 결국 이 정도는 괜찮을 거라 합리화하며 먼지를 한 움큼 들이마신다. 반갑지 않은 불청객 덕분에 몇 년 새 삶의 질이 급격하게 떨어진 느낌이다.

　몇 달 전에 있었던 일이다. 이날도 미세먼지가 유독 심했다. 밖에 나갈 수가 없으니 어쩔 수 없이 집 안에서 지지고 볶아야 하는 날. 아이들에게 만화 영화를 틀어 주고 처형 가족과 저녁을 먹으며 이런저런 이야기를 나누고 있었다. 그런데 형님 부부의 '공기'는 평소와 조금 달랐다.

　동서 형님이 조용히 냉장고에서 맥주를 꺼내자 처형이 기다렸다는 듯이 말했다.

　"여보, 아프다며. 왜 자꾸 맥주를 마시려고 하는데?"

　형님은 간헐적으로 통풍에 시달리고 있었다. 겪어 보지 않은 나로서는 알 수 없지만 한번 도지면 꽤 고통스럽단다. 맥주가 통풍에 안 좋다는 건 이미 알려진 사실이니 처형은 형님이 맥주를 마시는 모습을 보면 늘 신경이 날카로워진다. 답답하고 걱정스러운 마음의 표현이겠지.

문제는 이 형님이 맥주를 너무나도 좋아한다는 거다. 결국 먹으려는 자와 막으려는 자의 설전이 시작됐다.

"맨날 고생하면서 맥주를 마시고 싶냐."
"아, 글쎄. 괜찮다니깐."
"괜찮긴 뭐가 괜찮아. 그만 좀 먹어."
"다 나았어. 이제 안 아프다고."
"낫긴 뭘 나아. 맥주 먹으면 또 도진다."
"이 사람 정말 술맛 떨어지게."
"그러니까 먹지 말라고."
"잔소리 그만 좀 해라. 우째 오늘 잔소리가 미세먼지보다도 심하노."

몇 번의 '티격태격'과 함께 부부의 설전은 마무리됐다. 형님은 귀에 필터라도 달았는지 미세먼지보다 심하다는 아내의 잔소리를 15년 내 공으로 버텨 냈다.

틱틱대고 있는 그 모습을 보고 있자니 잔소리가 진짜 미세먼지와 비슷하지 않을까 하는 생각을 뜬금없이 하게 됐다. 형님의 말마따나 잔소리는 듣기 싫은데도 어쩔 수 없이 들이마셔야 하는 미세먼지와 닮았다. 잔소리를 저절로 걸러 주는 물건이 있으면 좋겠다는 말도 안 되는 생각을 하며 남은 맥주를 입에 털어 넣었다.

며칠이 지나도 미세먼지는 최악이다. 저 멀리 있는 아파트 건물이 뿌연 먼지에 가려 흐릿하다. 한숨을 내쉬며 빠르게 발걸음을 옮기다가 피식 웃음이 났다. 결국 그날 이후 형님에게 다시 통풍이 찾아왔다. 앞으로는 절대 맥주를 마시지 않겠다고 약속했다며 투덜대던 처형이 떠올랐다. 결과적으로 처형의 잔소리는 현실이 되었다. 걱정이 담긴 마음의 소리를 미세먼지에 비유하다니. 형님이나 나나 잘한 게 없다.

　단순히 듣기 싫다는 이유 하나만으로 옳지 않다고 판단해서는 안 된다. 이는 곧 미세먼지 가득한 공기가 싫어서 숨도 쉬지 않겠다고 하는 것과 비슷하다. 잔소리하는 사람의 진심이 어떤 것인지를 알아차릴 수 있다면 인간관계는 물론 삶의 질도 이전보다 훨씬 좋아지지 않을까.

　아이유와 임슬옹이 함께 부른 노래 '잔소리'를 들어 보면 젊은 연인들 사이도 우리와 별반 다를 게 없다. 아이유는 연인과의 관계에 대해 이토록 많은 정의를 내리지만, 임슬옹은 모든 걸 그저 '잔소리' 하나로 치부한다. 그렇지만 아이유의 노래 가사대로 사랑하다 말 거라면, 즉 앞으로 안 볼 거라면 잔소리할 이유가 없다. 굳이 상관없는 사람에게 내 에너지를 써 가며 말할 이유가 없는 셈이다. 그러니까 사랑하는 사람의 잔소리는 그 형태와 발현 방식이 모두 다르긴 하지만 그걸 듣고 있는 당신을 많이 사랑한다고 말하는 진심의 또 다른 표현이다.

　나는 주로 잔소리를 듣는 입장이니 이제부터는 잔소리를 들을 때 마음이 불편하더라도 내 인생을 건강하게 만들어 주는 보약이라고 생각해 보기로 했다. 실제로 잔소리를 많이 듣는 사람이 더 건강하다는 연구 결과도 있으니 어쩌면 이 쓰디쓴 보약을 먹고 좀 더 강한 사람이 될지도 모르겠다. 집안 공기 또한 덩달아 좋아지겠지. 미세먼지 같은 잔

소리에 묻혀 있는 진심을 볼 수 있다면 잔소리는 더 이상 '잔'소리가 아
니라 상대의 마음을 '잔잔하게' 느끼게 해 주는 소리가 되리라 믿는다.

적당함의 기준

"여보. 정말 너무한 거 아니야? 적당히 좀 해야지, 적당히."

아내가 화났다. 오랜만에 고향 친구들을 만나 술에 잔뜩 취한 채 자정이 넘어 귀가했더니 이 모양이다. 꼬인 목소리로 미안하다, 봐 달라 읍소해 보지만 통하질 않는다. 술도 노는 것도 적당히 해야지 과하면 문제가 된단다. 딱 한 잔만 더 하자는 친구들의 청을 단칼에 거절하고 집에 왔어야 했는데.

솔직히 아내가 화낼 줄은 몰랐다. 모르는 친구들도 아니니 이 정도는 이해해 주리라 생각했다. 내 딴엔 '적당히' 놀다 들어왔다고 생각했는데 아내에겐 아무래도 그게 아니었나 보다.

○ ○ ○ ○ ○

우리는 '적당한' 것들을 좋아한다. 일도 적당히, 노는 것도 적당히. 먹는 것도 적당히 먹어야 탈이 안 나고 오지랖도 적당히 부려야 싸움이 안 난다. 뭐든지 적당히 해야 한다.

그런데 적당하다는 건 대체 뭘까?

이거 참 모호한 말이다. 각자 마음속에 있는 적당함의 기준은 다르다. 결국 적당하다는 건 주관적인 개념일 수밖에 없다. 그런데 사람들은 이 말에 뚜렷한 기준이 있는 것처럼 이야기한다.

"잘했어. 그 정도면 적당해."

"좀 적당히 해라. 오버하지 말고."

"왜 이렇게 힘들게 살아. 무리하지 말고 적당히 좀 살아."

이상하다. 우리는 왜 나의 '적당함'을 타인에게 들이밀고 있을까.

사실 적당하다는 건 내가 허용할 수 있는 한도 내에 있다는 뜻이다. 이런 측면에서 관계가 틀어지고 마찰이 생기는 이유는 간단하다. 사람마다 '허용할 수 있는 범위', 즉 '적당함'이 모두 다르기 때문이다. 그런데 우리는 나의 기준으로 설정한 적당함만이 옳다고 생각한다. 그리고 남들에게 그것을 적용하려 한다. 결국 '내 생각을 타인에게 강요'하기 때문에 갈등하고 다투는 것이다.

아내에게 적용되는 적당함을 회사 동료에게 적용할 수는 없다. 술을 마시고 집에 늦게 들어가더라도 아내는 나를 용인해 줄 수 있겠지만 (물론 반복되면 문제다), 회사에 지각했을 때는 누가 참아 줄 것인가.

가족 같은 분위기를 좋은 것으로 여기는 회사라고 해도 정말 가족과 같을 수 있을까? 당연히 그럴 수 없고 그렇게 되어서도 안 된다. 퇴근후에도 휴일에도 가족을 대하듯이 동료를 대하는 건 생각만 해도 부담스럽다. 회사에서는 회사의 적당함을 지켜야 한다.

반대로 회사에서 일하듯 가족들을 대하면 집안 분위기가 어떻게 될까? 집안 꼴이 엉망이라고 가족들을 후배 직원 다그치듯 한다면, 진짜로 집안 자체가 엉망이 될지도 모른다.

사람은 혼자 살 수 없다. 그리고 누구나 타인과 좋은 관계를 형성하고 유지하면서 살아가길 원한다. 그러려면 눈에 보이지 않는 수많은 '적당함'을 지키고 이해하며 살아야만 한다. 각기 다른 적당함을 말 그대로 서로 적당하게 유지해야 하는 것이다. 그동안 나는 이걸 참 못했던 것 같다.

　적당히 좀 하라는 아내의 말이 오늘따라 머릿속을 떠나지 않는다. 그래. 이제부터라도 당신이 허용하는 그 범위를 넘기지 않도록 노력해 보리다.

약한 연결의 시대

　　인스타그램에 짧은 글을 올리고 있는 요즘 게시글이 조금씩 늘어 가면서 보잘것없지만 팔로워 수도 하나둘씩 늘어나고 있다. 다른 사람들이 내 게시물을 보고 '좋아요'를 누른다거나, 내 계정을 '팔로우'해 준다는 건 참 고맙고 기분 좋은 일이다.

　　그래서 나는 시간이 되면 '좋아요'를 눌러 준 사람의 계정도 방문해 될 수 있는 대로 맞팔로우를 하는데, 그러다 보면 가끔 재미있는 일이 생긴다. 나를 팔로우한 사람을 찾아가 '맞팔로우 하기'를 눌렀더니, 얼마 지나지 않아 먼저 나를 팔로우한 그 사람이 팔로우를 끊어 버린 거다. '선팔'해 놓고 '맞팔'해 주니 '언팔'해 버리는 '인스타 얌체'들이다. 그리고 이런 얌체들이 생각보다 많아서 놀랐다.

　　팔로우를 하든 끊어 버리든 그것은 그 사람의 자유겠지만 먼저 관계를 신청해 놓고 끊어 버리는 사람이 곱게 보일 리는 없다. 처음에는 의아했지만 곰곰이 생각해 보니 이유는 아주 간단했다. 이들은 '인기 있는 사람'이라는 타이틀을 가지고 싶었던 거였다.

　　세상에는 내가 좋아하는 사람(내가 팔로우하는 사람)보다 나를 좋아하는 사람(나를 팔로우하는 사람)이 훨씬 더 많아. 그러니까 나는 인기 있는 사람이야. 이런 말을 하고 싶었던 것이었을까? 애초에 매력적인 사람이라면 그럴 필요가 없을 텐데. 팔로워 숫자에 집착하며 내가 팔로우했던 사람을 하나하나 찾아 다시 팔로우 취소 버튼을 누르는 모습을 생각하니 마음이 씁쓸하다. 그런 노력을 통해 그들이 현실에서 얻을 수 있는 것은 과연 무엇일까.

인터넷으로 연결되어 있지만 이곳 역시 사람이 만나고 교류하는 또 하나의 공간이다. 하지만 익명의 그늘에 가려진 인간관계는 현실과는 사뭇 다르다. 얼굴을 마주하지 않아서일까. 이제는 관계를 맺고 끊는 것 역시 버튼 하나로 가능한 시대가 되었다. 느슨한 연결 속에서도 사람의 마음을 느끼고 싶은 건 지나친 욕심일까?

나는 그들의 얼굴도 모르고 만난 적도 없지만, 이런 일이 있을 때마다 오늘부터 친구 하기로 해 놓고 다음 날 갑자기 절교 선언을 당한 기분이 든다. 눈에 보이지 않는 '약한 연결'의 시대를 살고 있지만 그 속에서도 기본적인 예의와 신뢰가 중요하다는 사실을 잊지 않았으면 좋겠다. 안 보이면 그만이라는 생각은 내려놓자. 세상은 내가 생각하는 것보다 훨씬 더 좁을 수도 있으니까.

일주일을 버틸 수 있는 힘

       종이를 반으로 접어 가운데를 잡고 찢었다. 다시 종이를 포개 반으로 찢었다. 그러기를 몇 번, 더 찢을 수 없을 정도로 작아진 종잇조각을 쓰레기통 속으로 던져 버렸다. 버려진 종이, 우리는 그걸 '로또'라고 부른다.

   이번 주도 꽝이다. 당첨되지 않으리라는 것쯤은 예상하고 있었다. 본전도 못 찾는 게임이라는 걸 알고 있으면서도 이놈의 숫자 여섯 개를 맞추기 위해 복권을 사고 당첨되기를 희망한다. 그리고 종이 찢기를 반복한다. 당첨도 안 되는데 복권을 사면 뭐하겠나 싶으면서도 퇴근길에 보이는 로또 판매점을 그냥 지나치지 못한다.

○ ○ ○ ○ ○

   혹시 나는 일확천금을 꿈꾸는 사람인가. 10억이 넘는 돈이 한 번에 생긴다면 어떨까. 1년에 5천만 원을 번다고 해도 20년 동안 벌어야 하는 액수다. 큰돈이 생긴다는 것은 기분 좋은 상상이지만 내가 복권을 사는 근본적인 이유는 아니다.

   로또 당첨번호는 토요일 저녁에 발표되지만 나는 일부러 월요일 아침까지 기다렸다가 확인한다. 당연하게도 낙첨. 그러면 작은 한숨을 쉬며 조용히 마음을 다잡는다.

'이번 일주일도 열심히 일해야겠지?'

퇴근길에 다시 로또 한 장을 사 고이 접어 지갑에 넣으면서 당첨되는 상상을 한다. 그리고 이렇게 마음을 다잡는다.

'힘들어도 이번 한 주만 잘 버티면 된다.'

작은 실수에도 정신없이 몰아붙이는 사람, 일을 저질러 놓고 책임을 전가하는 사람, 여기저기 이상한 소문을 내며 이간질을 하는 사람. 1등에 당첨된다면 이런 꼴 보기 싫은 사람들을 더 이상 보지 않아도 된다. 그러니까 너무 스트레스 받지 말고 일주일만 잘 견뎌 보자.

어쩌면 나는 매주 사는 로또 복권을 통해 일주일을 버틸 수 있는 힘을 얻고 있었던 게 아니었을까. 다음 주가 되면 나에게 좋은 일이 생길 수도 있을 테니 이번 한 주 동안 마주하는 힘든 일, 슬픈 일, 안 좋은 일 따위들은 거뜬히 이겨 낼 수 있으리라.

한낱 종이 쪼가리에 불과하지만 그 종이를 찢으면서 이 녀석 덕분에 일주일을 잘 버텼다는 생각도 든다. 회사에서 치이고 스스로와 가정을 챙기느라 힘든 우리들에게 어쩌면 이 작은 종이는 복권이 아니라 다시금 일어나 힘낼 수 있도록 해 주는 부적일지도 모른다.

학습된 무기력

　　팔꿈치에 통증이 생겼다. 특정 지점을 누르면 쓰라리듯 아팠고, 팔을 끝까지 펼 수도 없었다. 검색을 해 보니 이 같은 증상을 상과염, 흔히 '테니스 엘보'라고 부른다는 걸 알게 됐다.

　테니스 엘보는 테니스 선수에게 자주 나타나는 증상이라 하여 붙여진 이름으로 손목을 굽히거나 펴는 데 사용되는 근육이 시작되는 팔꿈치에 통증이 생기는 질환이다. 단발적인 충격으로 생기는 것이 아니라 지속적, 반복적으로 손목과 팔을 많이 사용하는 사람에게 나타난다고 한다. 컴퓨터 앞에 앉아 10년 넘게 일을 했어도 아무 문제가 없었는데. 아무래도 몇 년 동안 자기 전에 누워서 스마트폰을 만지작거린 게 원인인 것 같다.

　가장 좋은 치료 방법은 손목과 손가락을 안 쓰는 건데 그럴 수는 없으니 일단 보호대를 써 보기로 했다. 한 달이 지나도 차도는 없었고 오히려 통증이 심해져 병원에 방문했다. 주사를 맞고 체외충격파 치료를 받았다. 처방해 준 약도 먹었다. 그런데도 전혀 낫질 않았다. 수술이라도 해야 하나 고민했지만 아직은 견딜 만하니 바쁜 일정을 핑계로 시간을 흘려보냈다.

　해가 바뀌고 4월이 되었다. 한밤중에 잠든 아이의 발길질에 놀라서 깼다. 자세를 바꿔 왼쪽으로 돌아눕는데 팔꿈치에서 통증이 몰려왔다. 고통을 피하려고 다시 정자세로 누웠다. 생각해 보니 이놈의 테니스 엘보를 겪은 지도 굉장히 오래됐다. 게다가 자다 깰 정도로 불편한데 병원도 가지 않고 있다. 나는 언제부터 이 고통에 적응해 버린 걸까.

○ ○ ○ ○ ○

과학자 셀리히만은 개들에게 전기충격을 주는 실험을 진행했다. 고통을 피할 수 없는 환경에 지속적으로 노출된 개들은 일정한 시간이 지나자 전기충격이 와도 피하지 않고 고통을 그대로 받아들였다. 피할 수 없거나 극복할 수 없는 환경에 반복적으로 노출되면 자신의 능력으로 그것을 이겨 내거나 개선할 수 있음에도 불구하고 포기하게 된다는 것이다. 그는 이것을 '학습된 무기력'이라고 불렀다.

시간이 흐를수록 나 또한 팔꿈치의 통증을 자연스러운 것으로 받아들이고 있었다. 학습된 무기력이다. 몇 달 동안 그 문제를 해결하기 위한 어떤 노력도 하지 않았다. '치료를 받는다고 해서 나아지겠어?' '어차피 해도 안 될 텐데 쓸데없는 짓이 아닐까?' '괜히 돈만 쓰는 건 아닐까?' 이런 생각에 아무런 시도도 하지 않고 포기해 버렸다. 간헐적으로 느껴지는 이 통증을 생활의 일부인 것처럼 받아들이면서 말이다.

컨디션이 100이었던 사람이 60인 상태에 오랫동안 머무르다 보면 결국 '60'이 보통이고 일상이 된다. 고통은 삶의 한 부분이 되고 좋았던 상태로 돌아가겠다는 열망과 변화에 대한 마음은 조용히 자취를 감춘다.

퇴근 후 곧바로 병원을 찾았다. 그동안 왜 오지 않았냐는 핀잔과 함께 기간이 길어지면 만성이 되어 결국 수술할 수밖에 없다는 이야기를 들었다. 다시 체외충격파 시술을 했고, 레이저 치료와 테이핑 처치도 받았다.

완치될 때까지 얼마만큼의 시간과 노력이 들지는 모르겠지만 이번에는 해 보는 데까지 해 보려고 한다. 이런 게 설령 테니스 엘보뿐일까. 살아가면서 맞닥뜨릴 수많은 어려움 앞에서 무기력하게 앉아 있지는 말자. 노력한다면 얼마든지 해결할 수 있는 문제일지도 모르니까 말이다.

'고작' 마흔이다. 아직 할 수 있는 게 많다.

쓰지 않으면 나빠진다

　　명동성당 뒤편에는 빨간색 벽돌로 지어진 옛 계성여고의 건물이 있다. 지금은 성북구로 이전해 남녀공학으로 운영되고 있지만, 계성여고는 명동에서 70년이나 자리를 지킨 역사 깊은 학교다. 오랜만의 방문에 반가운 마음이 가득했지만 막상 도착해 보니 기대했던 것과는 너무나도 달랐다. 예쁜 건물은 그대로였지만 여고생들의 웃음소리가 떠나 버린 학교의 풍경은 한겨울 날씨만큼이나 차가웠다. 사람이 없는 건물 복도와 운동장, 교내 구석구석 어디에서도 따뜻함이라곤 찾아볼 수가 없었다.

　　우연찮게 건물 관리인 아저씨와 얘기를 나눴다. 그는 이전보다 건물 관리가 훨씬 어렵다고 했다. 학생이 없다고 일이 없는 게 아니란다. 오히려 지금이 더 바쁘고 건물의 하자도 많이 발생한다는 것이다.

　　의아했다. 건물을 이용하는 사람이 없는데 왜 문제가 생기는 거지? 청소만 잘해 주면 오히려 더 좋은 상태로 유지할 수 있는 것 아닌가? 이런 생각을 하며 그에게 물었다.

　　"이상하네요. 애들이 없으면 오히려 더 관리하기 쉽지 않나요? 만지질 않으니 여기저기 고장 나는 곳도 없을 테고."

그러자 그는 혀를 끌끌 차며 대답했다.

"어이구, 젊은 사람이라 아직 잘 모르는구먼. 무엇이든 안 쓰면 고장이 난다고. 사람들이 많이 왔다 갔다 하고 이용을 해 줘야 건물도 좋은 상태가 유지되는 거야. 가만히 두면 계속 나빠져. 먼지 쌓이는 것만 문제가 아니라, 건물의 배관, 전기, 설비 이런 것들이 조금씩 망가져 결국엔 못 쓰게 돼."

듣다 보니 맞는 말이다. 쓰지 않으면 오히려 상태가 나빠진다. 매일 매일 운행하는 자동차와 주차장에 몇 달씩 묵혀 둔 자동차의 성능이 같을 리가 없다. 닦고, 조이고, 기름을 쳐야 좋은 상태가 유지된다.

그의 이야기를 들으며 건물이나 자동차나 사람 몸이나 다를 바가 없다는 생각이 들었다. 시간이 지날수록 조금씩 기능이 떨어진다는 점도 똑같고, 부지런히 움직여 줘야 건강한 상태를 유지할 수 있다는 점도 비슷하다. 안 쓰고 가만히 내버려 둔다면 노폐물이 쌓여 조금씩 망가지겠지.

지속적으로 몸을 사용하고 관리할 것. 학생 하나 없는 차가운 교정을 걸으며 생각했다. 어쩌면 이것이 돈 주고는 절대로 살 수 없는 최고의 영양제일지도 모르겠다고.

◆
◆
　◆　**계속 머물러만 있다면**

　　　　편의점에서 네 캔에 만 원 하는 맥주를 사 들고 계산을 하러 가다가 디저트 코너 앞에서 발길이 멈췄다. 내 눈길을 끌던 그것, 진한 갈색의 코코아 가루가 뿌려져 있고 속은 하얀 크림으로 가득 차 있는 케이크. 보기만 해도 달달하다. 가격도 괜찮은데 하나 사 볼까? 그런데 이거 이름이 이상하다.

　"ㅇㄱㄹㅇ ㅂㅂㅂㄱ"

　뭐지? 무슨 케이크 이름을 이렇게 지었을까. 새로 나온 암호문인가? 생각하던 순간, 옆에 있던 중학생쯤 되어 보이는 아이가 불쑥 케이크를 집어 들며 외쳤다. "야! '이거레알 반박불가' 여기 있다!"

　저게 그런 뜻이었어? 검색을 해 보니 인터넷 오픈 사전에도 나온다. '이건 정말 반박할 수 없어!' 이렇게 무언가 확신에 차 있을 때 쓰는 말. 이 케이크는 엄청나게 맛있으니까 묻지도 따지지도 말고 사 먹으라는 메시지를 주고 싶었던 걸까.

　아이들이 쓰는 말을 급식체라고 부르던 것도 옛날 얘기가 되었다. 줄여 쓰고 비틀어 쓰고 이제는 의미를 유추할 수조차 없는 새로운 말들을 사용한다. 아이들의 언어를 이해하려면 그들의 눈높이에서 생각해 봐야 할 터인데 그럴 수가 없으니 도통 알 길이 없다.

　쓸쓸했다. 어린 친구들이 쓰는 말을 알아듣지 못하는 만큼 내가 나이를 많이 먹었다는 게 느껴졌기 때문이다. 거기에 더해 소중한 우리말을 왜 이렇게 쓰는지 이해조차 안 되는 걸 보니 나도 조금씩 '꼰대'가 되어 가는 중인가 보다. 무슨 일이 있어도 그것만큼은 되기 싫었는데.

　내가 느끼는 불편한 감정들과는 별개로 아이들이 쓰는 언어는 이제 하나의 문화로 받아들여지고 있다. 많은 기업이 이를 활용하여 제품을 만들어 내고, 다양한 분야에서 마케팅 수단으로 사용한다. 그런데도 나는 이런 시대의 변화를 받아들이지 못하고 있었다. '요즘 애들은 참 이상하네. 도대체 왜 이런 말을 쓰지?'라며 혀를 끌끌 차기만 했다. 어쩌면 내가 먼저 마음의 문을 닫고 있었는지도 모르겠다. 어쩌다가 이렇게 됐을까. 한때는 나도 변화와 도전을 좋아했고 세상의 복잡함 속에서도 유연함을 잃지 말자 다짐했던 사람이었는데 어느새 아이들이 쓰는 말투 하나를 받아들이지 못해 불편해하고 있으니 말이다.

　아마도 머지않은 때에 내 아이 역시 알아들을 수 없는 신조어로 조잘댈 것이다. 이 분명한 사실 앞에서, 미래의 나는 아이에게 어떤 말을 해 줄 수 있을까. 바른 말을 써야 한다고 윽박지를 것인가, 아니면 아이를 이해하고 받아들이며 그것에 대한 올바른 의미를 전달해 주려 노력할 것인가. 변화를 받아들이지 못하고 계속해서 같은 자리에 머물러 있다면 앞으로 내 아이, 나아가 다른 세대와의 소통 자체가 어려워질 수 있겠다는 생각을 조심스럽게 해 본다.

마흔에는 잘될 거예요

○ ○ ○ ○ ○

　문득 아버지가 생각났다. 어린 시절 나는 아버지와 대화를 많이 하지 못했다. 아버지는 과묵하셨고 그 때문인지 아버지와 나 사이에는 보이지 않는 벽이 있는 느낌이었다. 어린 나는 아버지의 마음을 알지 못했다. 아버지를 오해하기도, 미워하기도 했었다.

　"그땐 그렇게 해야 하는 줄 알았어. 다들 그랬으니까."

　아버지는 칠십이 넘어서야 마음속 이야기를 털어놓았다. 자식을 사랑하는 마음은 여느 아버지와 똑같았다. 단지 표현하지 못했을 뿐. 그의 마음을 조금 일찍 알았더라면 어땠을까.

　10년 후 고등학생이 된 아들 녀석이 집에 들어오자마자 인사도 없이 제 방으로 문을 쾅 닫고 들어가 버린다. 오늘 무슨 일이 있었던 걸까? 밥 먹으라는 아내의 말에도 아무런 반응이 없다. 조용히 문을 열고 들어가 보니 침대에 반쯤 누워 이어폰을 귀에 꽂은 채 게임에 열중하고 있다.

　"아들, 아빠랑 얘기 좀 하자."

　"싫어요. 아빠랑 뭔 얘기를 해요."

　상상 속의 불편한 미래. 어떤 부모도 아이와 이런 관계가 되는 것을 원하지 않는다. 생각만으로도 끔찍한 일이다. 아이에 대한 이해와 소통이 부족해지면 단단하다고 생각했던 그 사이에 조금씩 금이 갈 것이고, 결국 아이는 대화 자체를 거부하게 될지도 모른다. 그렇게 어색한 관계로 굳어 가겠지. 불편한 상상이 현실이 되는 것이다. 그리고 이런 '새드 엔딩'의 원인은 오로지 나 때문이다.

비단 언어적인 소통뿐만이 아니다. 내 아이와의 관계 그리고 앞으로 발생할 수많은 갈등 앞에서 나는 어떤 자세로 임하고, 또 어떤 방식으로 문제를 풀어 가야 할까. 아이를 내 기준에 맞추려고 하는 부모가 될 것인가, 아니면 있는 그대로 받아들이고 이해하는 아빠가 될 것인가. 어떤 것을 선택하느냐에 따라 얼마든지 결말을 바꿀 수 있다.

따지고 보면 나도 한때 "ㅎㅇ(하이), ㄱㅅㅇ(감사요)" 같은 채팅 언어나 알아볼 수조차 없었던 외계어를 쓰며 낄낄대던 날들이 있었다. 바쁘게 살다 보니 정말로 올챙이 적 기억을 못 하는 개구리가 되어 버린 게 아닐까. 얼마 전 어머니가 하셨던 말씀이 유난히 떠오른다.

"얘, 너는 더 했어."

어제의 나보다 조금 더 행복하게

　　　　우리들은 소확행이 대세인 시대를 살아가고 있다. 아니, 소확행을 좇을 수밖에 없는 현실을 살아가고 있는지도 모른다. 소소하지 않은, 즉 크나큰 행복을 얻는다는 건 점점 더 어려운 일이 되어 가는 것 같은 느낌이다.

　나는 다행스럽게도 결혼도 하고 아이도 잘 키우고 있지만 요즘 청년들이 처한 상황은 전혀 그렇지 않다는 이야기를 들었다. 3포(연애, 결혼, 출산) 세대를 넘어 내 집 마련과 인간관계 그리고 꿈과 희망까지. 포기해야 하는 것들이 점점 늘어 이제는 'N포 세대'란다. 이런 식으로 가다가는 내 아이가 자랐을 땐 과연 몇 가지를 포기해야 할지 짐작조차 되지 않는다.

　사회의 구조적인 문제가 해결되지 않는 이런 상황 속에서 "너만큼은 반드시 행복하게 살아야 한다."라고 말할 수 있을까? 꿈도 포기한 채 일상에서 얻을 수 있는 작은 행복에 만족하며 살라는 말을 과연 아버지로서 그리고 인생의 선배로서 해 줘도 되는 것일까.

　소확행에 대한 의미를 다시 한번 생각해 보려는 이유도 여기에 있다. 가진 것에 만족하고 삶의 작은 부분으로도 충분히 행복할 수 있다는 말조차 부정하는 건 아니지만, 그것이 자칫 현실에 대한 안주로 비칠

소지가 있기 때문이다. 소확행을 잘못 받아들일 때 나타날 수 있는 부정적인 결과도 만만치 않기에 나는 그 말을 별로 좋아하지 않는다.

아무리 노력해도 무언가를 이루지 못할 때 느껴지는 미래에 대한 불안과 절망감은 사람을 지치게 한다. 그리고 이럴 때 받는 스트레스를 해결하기에 가장 좋은 프레임이 바로 소확행일지도 모른다. 이런 경우 소확행은 미래에 대한 긍정적인 기대를 포기하고 행복의 기준점 자체를 낮춰 버린다. 틀린 말은 아니지만 행복의 커트라인을 낮춘다 해서 반드시 행복해진다고 보장할 수 있을까. 게다가 마음속 행복의 기준을 낮추는 건 굉장한 노력과 수양이 필요한 일이다.

생각을 조금 바꿔 보는 건 어떨까. 소확행의 진짜 의미는 많은 것을 포기해야 하는 현실 속에서 작은 만족을 추구하는 게 아니라, 당장은 소소하더라도 확실한 행복을 찾는 방법이다. 그러니까 타인과 비교하며 행복의 기준을 찾는 것이 아니라, 어제의 나와 비교했을 때 조금이라도 더 괜찮은 사람이 되었다면 행복한 것이라고. 이렇게 될 수 있다면 생각보다 확실한 행복이 될 수 있지 않을까.

소확행이 가득한 사회 분위기 속에서 각자의 꿈과 희망의 커트라인을 애써 낮추지는 않았으면 한다. 어제보다 코딱지만큼이라도 괜찮으니 소소하게 발전하는 확실한 행복을 느꼈으면 좋겠다. 이제 막 자라나는 아이들은 물론이고 나처럼 나이를 먹은 사람도 말이다.

살면서 마주하는 작은 도움들

　　　　새벽 여섯 시. 기지개와 함께 자리를 털고 일어났다. 세수를 하고 머리를 감는다. 샴푸로 머리카락을 비벼 물을 뿌리니 하얀 거품이 물길에 이끌려 하수구로 빨려 들어간다.

　물이 흐른다. 머리를 감는 행위는 아주 단순한 일이지만, 흘러가는 하얀 물줄기를 보자 '이 물은 어디로 갈까?' 하는 생각이 떠올랐다. 나의 할 일은 끝났지만 이 물줄기는 어딘가로 계속 향할 것이다. 하수관을 타고 내려가다가 집 근처에 있는 정수사업소로 가려나. 어쨌든 그곳에서 정화를 거쳐 일부는 다시 수돗물로 쓰일 테고, 나머지는 강물로 흘러가거나 바다로 갈 것이다. 그러고 보니 방금 머리를 감으려고 틀었던 물이 혹시 내가 예전에 헹구어 버린 그 물이 아닐까 하는 잡다한 생각들까지 들었다. 참으로 생뚱맞다.

　물은 끊임없이 흐른다. 돌고 돈다는 표현이 맞을지도 모르겠다. 그러고 보니 내가 머리를 감는 일에도 참 많은 사람들의 손길이 들어 있다. 물의 흐름을 따라가 보니 그렇다. 따뜻한 물을 만들어 공급하는 사람, 수도꼭지를 만들어 납품한 사람, 배관을 설계하고 아파트를 지은 사람, 하수를 처리하는 사람. 이들의 노력과 수고 덕에 나는 매일 아침 편하게 머리를 감는다.

우리는 모두 연결되어 있다. 살면서 마주하는 모든 것들은 누군가의 손을 거쳐 만들어졌다. 내가 사용하는 모든 것들에 타인의 노력이 들어가 있지만, 우리는 과정이 생략된 완성품만을 마주하기에 그걸 잘 모르고 지나친다.

하지만 조용히 흘러가는 듯한 나의 하루에는 보이지 않는 누군가의 도움들이 가득하다. 하루가 쌓여 만들어 내는 우리 인생 전체도 마찬가지다. 사람은 절대로 혼자 살 수 없다는 말이 이런 뜻이 아닐까. 우리는 이미 어떤 식으로든 연결되어 있고 서로 도움을 주고받으며 살아가고 있다. 지금까지 그래 왔고, 앞으로도 그럴 것이다. 그렇다면 내가 지금 하고 있는 일도 보이지 않게 나와 연결된 누군가에게 어떤 식으로든 도움이 되고 있지 않을까? 분명히 그럴 거다. 이렇게 생각하니 출근길 기분이 한결 좋다. 오늘 하루도 감사하면서 보낼 수 있을 것 같다.

나쁜 일은 언제든 일어난다

　　　징검다리 연휴가 끝난 월요일 아침. 하늘에 구멍이라도 난 듯 줄기차게 소나기가 내렸다. 평소보다 20분이나 일찍 나왔지만 빗길에 사고라도 났는지 고속도로가 꽉 막혀 있었다.

　'어라, 여기서부터 막히면 안 되는데.'

　내비게이션을 켜 예상 도착 시간을 보는 순간 가슴이 철렁 내려앉았다. 망했다. 이대로라면 지각이다. 옆자리에 앉아 있는 아내는 회사에 미리 연락을 해야 하나 전전긍긍하는 모습이다. 나 역시 괜스레 짜증이 난다. 그냥 국도로 갈걸.

　"여보. 이쪽 차선이 좀 더 빠른 것 같아."

　아내의 말에 급하게 운전대를 꺾었다. 그런데 이상하다. 다른 차선이 잘 빠지는 것 같아 차선을 바꾸면 이내 그 차선이 더 밀린다.

　"더 밀리잖아. 그거 봐. 내가 그냥 이쪽으로 가자고 했지? 잘 알지도 못하면서."

　"아니, 별것도 아닌데 왜 이렇게 화를 내? 요즘 당신 짜증이 부쩍 늘었어."

　기분이 상했지만 다시 차선을 바꿔도 마찬가지다. 대체 왜 내가 진입하는 차로는 유독 더디게 가는 것일까. 나쁜 기운이 유독 나에게만 들어오는 느낌. 다행히 지각은 면했지만 아침부터 아내와 말다툼을 한 것 때문에 하루 종일 마음이 편치 않았다.

그러고 보니 이런 '운 나쁜 날'은 얼마 전에도 있었다. 공항에서 출국 심사를 위해 줄을 섰는데 이상하게도 내가 서 있는 줄은 요지부동이었다. 다른 줄에 있던 일행은 벌써 나가서 나를 기다리고 있는데 내 앞의 사람들은 줄어들 기미가 안 보였다. 마음이 급해져 꾹꾹 눌러둔 짜증이 턱밑까지 차올랐다.

'아 미치겠네. 요즘 왜 이렇게 나쁜 일이 많이 생기는 거야?'

안 그래도 피곤한 인생인데 이럴 땐 정말이지 몇 배는 더 힘들어진다. 우울함이 파도처럼 밀려오고 간신히 붙어 있던 자존감도 바람 앞의 나뭇잎처럼 우수수 떨어져 버린다. 나쁜 일은 왜 이렇게 줄줄이 오는지. 내 인생에 이런 머피의 법칙은 아예 없었으면 좋겠다.

저녁이 되고 퇴근한 아내를 만났다. 집으로 돌아오는 차 안에서 아내와 이런저런 얘기를 나눴다.

"여보. 아침에 괜히 짜증내서 미안해."

"아니야. 괜찮아. 다음엔 좀 더 일찍 나오자."

"사실 별로 싸울 일이 아니었는데 왜 그랬지?"

"그러게. 어차피 바뀔 것도 없었는데. 어쨌든 나도 미안해."

다시 고속도로에 올랐다. 퇴근길 역시 극심한 정체다. 그렇지만 나와 아내는 다투지 않았다. 오히려 조금 길어진 퇴근 시간 덕분에 그동안 못했던 속 깊은 이야기를 나눴다. 경제적인 부분부터 아이 교육에 대한 생각까지. 차가 막혀 고마웠다는 생각이 들 정도로 여러모로 의미 있는 시간을 보낼 수 있었다. 맞벌이에 육아까지 하느라 대화할 시간이 부족했던 우리 부부를 막히는 도로 위에 있게 해 준 이 상황이 고마웠다.

고속도로가 꽉 막혀 있던 아침과 같은 상황이었음에도 불구하고 출근할 때와 퇴근할 때의 기분과 마음은 천지 차이가 됐다. 출근하던 우리에게는 몹시 나쁜 상황이었고, 퇴근하던 우리에게는 아주 좋은 일이 됐다. 변한 건 하나도 없는데 우린 분명 달랐다.

○ ○ ○ ○ ○

살다 보면 좋은 일도 나쁜 일도 일어나기 마련이다. 좋은 일만 가득하길 바라지만 애석하게도 우리 삶에서 나쁜 일은 언제든 일어난다. 이건 누구에게나 마찬가지다.

그렇지만 그 나쁜 일을 받아들이고 해석하는 것은 다른 차원의 문제다. 나쁜 일이 발생했을 때 우리는 그것을 어떻게 받아들일지 선택할 수 있다. 각자 맞닥뜨린 상황에 어떤 의미를 부여할 것인지는 본인의 몫이다.

사실 이건 동전의 양면과 같다. 동전을 던져 앞면이 나오든 뒷면이 나오든 확률은 반반이다. 이와 마찬가지로 우리는 살면서 겪는 수많은 일에 두 가지 의미를 부여한다. 좋은 의미와 나쁜 의미 그리고 동전의 양면처럼 둘 중 하나를 선택하며 삶을 살아간다.

나는 그동안 어떤 선택을 하면서 살아왔을까. 말로만 '긍정'을 외치던 사람은 아니었을까. 오늘 아침에 있었던 그 나쁜 일을 돌아보니 나는 아직 한참 부족한 사람이다.

우리는 앞으로의 인생에 남겨진 수많은 일을 얼마나 긍정적으로 해석할 수 있을까. 그리고 어떻게 해야 조금이라도 더 생산적인 결론으로 이끌어 갈 수 있을까. 어쩌면 이런 능력이 남은 인생의 행복 수준을 좌우하지 않을까 싶다. 행복이 내 마음에 달린 것이라면 상황을 해석하고 의미를 부여하는 것 역시 온전히 내가 선택할 수 있는 일이 될 테니까.

그러니까 '오늘따라 왜 이렇게 재수가 없지?' 할 정도로 나쁜 일이 빵빵 터지더라도 그 상황에 죽자고 덤벼들어 하루의 행복을 망칠 필요는 없다. 그저 '다음에는 조심해야지.' 하고 넘겨 버리면 어떨까. 여하튼 나쁜 일이 생겨서 뭐 하나를 배웠다면 그건 더는 나쁜 일이 아니다.

머피의 법칙은 인간의 '선택적 기억(Selective Memory)' 때문이라고 한다. 어떤 상황에 대해 신경을 쓸수록 머릿속에 각인되어 더 확실하게 기억한다는 것이다. 즉, 우리의 '마음' 때문이라는 얘기다. 지각을 앞두고 고속도로에서 차가 막히는 걸 원망했던 것도 공항에서 내 줄만 줄어들지 않는다고 짜증냈던 것도 그만큼 의식적으로 신경을 썼기 때문에 내 기억에 오래도록 남아 있는 것이다.

모두 내 마음이 원인이고 결과다. 그리고 이것은 어떤 일을 해석하고 기억하는 마음의 '힘'에 따라 인생의 '품질' 또한 달라질 수 있음을 말하고 있다. 같은 일을 겪더라도 그것을 해석하고 받아들이는 능력에 따라 행복의 '사이즈'가 변할 수 있다.

행복에는 긍정적인 능력이 필요하다. 그리고 이런 능력자들에게 '머피의 법칙'과 '샐리의 법칙'은 겨우 종이 한 장 차이일지도 모르겠다.

기꺼이 해야 하는 일

　　　　장모님 회갑을 핑계로 처가 식구들과 여행을 가기로 했다. 장소는 요즘 핫하다는 베트남 다낭. 첫 가족 여행이라 기대감도 컸지만 어른들도 모셔야 하고 아이들도 챙겨야 했기에 걱정도 됐다.

　날짜를 정하고 본격적으로 준비를 시작했다. 10명이 넘는 대가족의 여행을 준비하는 일은 쉽지 않다. 항공권과 숙박 예약부터 현지에서의 이동 스케줄, 가지고 갈 물건들, 가족들의 여권 만료일까지. 챙겨야 할 것들이 너무나도 많다.

　출발일이 다가오자 걱정거리가 더 늘었다. 혹시 뭐 빼먹은 건 없으려나? 아이 기저귀는 몇 개나 가져가야 하지? 환전은 얼마나? 거기 와이파이는 잘 터지나? 이번 여행의 목적은 휴식인데, 그놈의 휴식을 준비한다고 이렇게 더 큰 스트레스를 받고 있으니 아이러니가 따로 없다.

　여행지에서 벌어지는 상황도 크게 다르지 않다. 호텔 직원에게 되지도 않는 영어로 요구사항을 말하는 것도 차량을 부르고 이동하는 것도 식비를 계산하는 것도 내 몫이다. 물론 가족을 위해 이 한 몸 기꺼이 희생할 수 있다만, 이분들이 모두 나만 바라보고 이것저것 묻고 있으니 조금 버겁기도 하다. 어쨌든 나는 여행지에 와서도 할 일이 많은 사람이다. 아니, 더 바쁘다.

슬픈 사실은 몇 번 가지 못하는 해외여행이 그나마 수월하다는 것이다. 이유는 단 하나. 운전 때문이다. 국내여행을 가면 나의 두 손은 자동차 핸들에 묶인 채 충실히 기사 임무를 수행한다.

쏟아지는 잠을 참아 가며 간신히 목적지에 도착해 바비큐 준비를 한다. 토치를 켜고 땀을 뻘뻘 흘리며 숯에 불을 붙인다. 고기를 구워 아이의 입에 넣어 주고 라면을 끓이고 소주를 한두 잔 걸치면 그새 피곤해져 잠이 든다. 그리고 다음 날이 되면 짐을 정리하고 다시 운전을 한다. 여행을 마치고 집에 돌아오면 미뤄 놨던 빨래와 설거지, 널브러진 아이의 장난감이 눈에 들어온다. 며칠 동안 쉬었는데 일하고 온 기분. 내가 쉬러 간 건지 아니면 잠깐 출장을 다녀온 건지 구분이 안 된다.

○ ○ ○ ○ ○

정신없이 살다 보니 어느새 '한창 일할 나이'가 되어 버렸다. 회사에서도 집에서도 여행을 가서도 일을 해야 하는 우리는 정녕 슈퍼맨이 되어야 하는지도 모르겠다. 하지만 아직은 손길이 필요한 아이들과 점점 연로해 가는 부모님을 보고 있자니 일만 한다고 투덜댈 수가 없다. 아아, 이것이 내 역할이고 의무구나. 책임감 하나로 버텨야 할 일이 있다는 것을 조금씩 깨닫고 있다. 그러고 보니 여행(travel)의 어원은 고생(travail)이라는 말이 떠오른다. 여행 내내 일만 해야 할지라도 가족을 위해서라면 기꺼이 그 고생길을 받아들여야겠다는 생각이 든다. 나의 시간과 에너지를 투입해 사랑하는 사람들이 즐거울 수 있다면 그것만으로도 충분히 의미 있는 일이 아닐까.

스마트한 삶의 대가

　　1996년, 푸른하늘 출신의 가수 유영석이 주축이 되어 결성한 그룹 화이트는 '네모의 꿈'이라는 노래를 발표했다. 아기자기한 멜로디와 재치 넘치는 노랫말로 꽤 인기를 끌었던 걸로 기억한다.

　노래가 말하는 것처럼 우리가 사는 세상에는 유독 네모난 것들이 많다. 사람을 제외하고 하루를 보내며 마주하는 것들의 모양을 분류해보자면 네모가 차지하는 비중이 월등히 높다. 사각형 모양의 물건이 많은 이유는 사용하기 편하고 안정성과 공간의 활용 측면에서 효율적이기 때문이다.

　느닷없이 네모 이야기를 꺼내게 된 건 얼마 전 출근길에서 마주한 풍경 속에서 네모의 끝판대장이 무엇인지를 알게 되었기 때문이다.

　그날은 평소보다 조금 늦은 시간에 전철에 올랐다. 자리에 앉으면 주로 밀린 잠을 자며 피곤함을 달래곤 하는데 어찌 된 일인지 잠이 안 와서 멀뚱멀뚱 눈을 뜨고 있었다.

　열차는 역 하나를 지날 때마다 꾸역꾸역 사람들을 받아들였다. 조금만 더 늦었으면 서서 갈 뻔했구나 생각하던 찰나, 신기한 장면을 목격했다.

내 앞에 선 대여섯 명의 사람들 모두가 한쪽 주머니에 손을 넣더니 비슷하게 생긴 물건을 꺼내 들었다. 그리고 그것을 손에 꼭 쥐고 하염없이 바라보기 시작했다. 어떤 이는 계속해서 손가락을 꼼지락거렸고 몇몇은 귀에 이어폰을 꽂은 채 그것에서 나오는 무언가에 집중하고 있었다. 어쩜 저리도 똑같을 수 있을까. 똑같은 시간에 똑같은 물건을 가지고 똑같은 행동을 하고 있다. 그제야 전철 안에 있는 수많은 이들이 눈에 들어왔다. 자고 있는 사람을 제외하고 소름 끼치도록 똑같은 모습으로 손에 들고 있던 그 물건은 분명 네모난 모양이었다.

○ ○ ○ ○ ○

10년 전 유난히도 더웠던 여름날이었다. 퇴근길에 연신 땀을 훔치며 버스를 기다리던 내게 다가온 선배가 물었다.

"봉천동 산다고 했었나? 5413번 타고 가겠네."
"네. 근데 버스가 왜 이렇게 안 올까요. 20분이나 기다렸어요. 더워 죽겠는데."
"5분 더 있어야 올 텐데."
"아니, 그걸 어떻게 알아요?"
"이거 모르나, 스마트폰? 신세대인 줄 알았는데 아니었네?"

신세계였다. 버스에서 내리자마자 휴대폰 가게로 달려가 스마트폰을 구입했다. 이제 미련하게 버스를 기다리지 않아도 된다. 게다가 어플을 이용하면 문자 보내는 것도 공짜였다. 그렇게 나는 나만의 '네모'를 손에 넣었다. 말 그대로 스마트한 하루. 삶의 질이 부쩍 높아진 느낌이었다.

네모는 하루 종일 내 손을 떠나지 않았다. 화장실에 갈 때도 밥을 먹을 때도 잠이 들기 전에도. 네모 속엔 그동안 알 수 없었던 새로운 정보들이 가득했고, 지루한 시간을 달래 주는 재미난 것들로 넘쳐났다.

그렇게 10년이라는 시간이 흘렀다. 고작 10년이지만 그동안 나의 생활양식은 너무나도 많이 변해 버렸다. 이제는 이 네모가 없던 시절의 내가 어떻게 살았는지 기억나지 않는다.

하루 24시간, 아침에 눈을 뜨는 순간부터 잠들 때까지 나는 네모 속 세상에 들어가 있다. 각종 뉴스, 흥미진진한 웹툰과 유튜브 그리고 SNS를 끊임없이 들여다봤다. 10년이라는 시간 동안 스마트폰이 마련해 준 많은 것들을 소비하며 살아왔다.

○ ○ ○ ○ ○

네모 속 세상엔 입장료가 있다. 바로 '시간'이다. 그래서 사람들은 자신들의 시간을 팔아 스마트폰 속에 있는 많은 것들을 소비한다. 그것이 누구를 위한 것인지도 모른 채 말이다.

자극적인 콘텐츠로 넘쳐나는 네모 속 세상이 10년 전과는 다르게 그다지 멋져 보이지 않는 이유는 내가 나이를 먹었기 때문일까 아니면 다른 이유가 있어서일까.

네모 속 세상이 나를 위한 것이 아니었음을 이제야 알 것 같다. 그 세상은 다른 사람들이 각자의 목적을 위해 세팅해 놓은 것이다. 나는 합리적으로 판단하지 못하고 그것들을 소비하며 내 시간을 갖다 바치고 있었다. 출근길에 만난 사람들 덕분에 하염없이 네모에 빠져 살던 내 모습을 돌아보게 되어 다행이라고 해야 할까.

애석하게도 이미 우리는 스마트폰과 떼려야 뗄 수 없는 관계가 되었다. 앞으로는 네모의 힘이 점점 세질 수도 있겠지. 그렇다면 시간이라는 입장료를 조금이라도 덜 써 보는 게 어떨까. 거기에 절약한 시간을 나를 위해 투자할 수 있다면 꽤 괜찮은 장사가 될지도 모른다.

비슷하지 않아야 나를 알 수 있다

　　요즘 버릇이 하나 생겼다. 인터넷 기사를 보든 블로그 포스팅을 보든 하다못해 웹툰을 볼 때도 하단에 있는 댓글까지 꼼꼼히 읽게 된 것이다.

　그런데 문제가 생겼다. 언제부터인지 이 댓글들을 보지 않으면 무언가 마무리가 안 되는 느낌이 든다는 것이었다. 내가 원하는 정보를 찾거나 흥미 있는 기사를 찾아보는 것일 뿐인데 왜 다른 사람들의 의견이 적혀 있는 댓글 창을 그리도 꼼꼼히 살펴보고 있던 것일까. 옛날에는 이러지 않았던 것 같은데 갈수록 이런 현상이 점점 심해지는 기분이다. 왜일까. 무엇이 나를 이렇게 만들었을까.

　　　　　　◦　◦　◦　◦　◦

　정치적인 이슈, 연예인에 대한 평가, 만화 스토리에 대한 감상평까지. 주제를 막론하고 나는 타인의 생각과 의견을 판단 기준으로 삼고 있었다. 다른 사람의 생각을 보고 난 후 내 입장을 정리했고 많은 사람의 공감을 받은 베댓을 보면서 내 생각을 타인의 것과 비교하고 있었다.

베댓의 내용이 내 생각과 같으면 안도하고 그렇지 않으면 내가 뭘 잘못 생각했을까 고민했다. 거기에 나를 맞춰 가고 있었고 이런 과정을 거치지 않으면 마음이 불편했다. 시나브로 나는 다른 사람의 생각에 묻어가는 삶을 살고 있었다.

그렇게 사는 게 편했다. 타인의 생각을 중요시하는 것이 아니라 다른 사람들과 비슷한 생각을 가지고 살아가는 게 훨씬 더 안정적이고 편하다고 믿었다. 창의적이고 개성 있는 사람이 되겠다고 다짐했던 나는 어느새 흐르는 물속에 섞여 버린 물감처럼 되어 버렸다.

그렇게 사는 게 뭐가 어때서? 하는 마음의 소리가 들린다. 그렇지만 이러다간 내 생각 자체가 희석되어 버릴지도 모른다. 계속 묻어가다간 정말 묻혀 버릴 수도 있다. 중심을 잡지 못하고 댓글 하나에 생각이 흔들리는 내 모습을 보니 위기감이 엄습해 온다.

세상을 바라보는 나의 시각과 생각을 만들어야 한다. 내 생각에 자부심을 품고 가치관을 세워야 한다. 그래서 이제부터는 의도적으로 베댓을 포함해서 댓글을 보지 않을 것이다. 억지로라도 말이다. 유행을 좇아 타인의 생각에 나를 묻는 것이 아니라 내가 가진 생각에 의미를 부여할 수 있도록 노력하는 거다.

여전히 나는 다른 사람들이 어떤 생각을 하는지 궁금하다. 그리고 영원히 귀를 닫고 살 수 없다는 것도 알고 있다. 그렇지만 내 생각을 흔들지 않고 지속해서 끌어가는 힘은 앞으로의 삶에서 중요한 요소가 되리라 믿는다. 그리고 이 모든 것은 결국 나를 알기 위해서다.

오지랖과 관심의 차이

    인스타그램에 때 아닌 소동이 있었다. 무려 수백만 명의 팔로워가 있는 개그맨의 계정에 새로운 게시글이 올라왔기 때문이다.

    나는 그를 좋아한다. 외모와 달리 그의 인스타그램에는 순수하고 유머러스한 콘텐츠가 많다. 결혼 후 아내와 알콩달콩 살아가는 모습이 보기 좋을 뿐만 아니라 위트를 잔뜩 담아낸 그의 사진과 글을 보고 있으면 조용한 미소와 함께 묘한 감동도 얻는다.

    주기적으로 소식을 전하던 그였지만 아내가 곧 출산을 앞두고 있다는 얘기를 끝으로 한동안 게시글이 올라오지 않았다. 피드에 그의 소식이 없는지도 모른 채 시간이 지나 버렸다. 그의 말마따나 5개월이 지났다.

    오랜만에 게시글이 올라왔다. 반가운 마음이 가득했지만 수척해 보이는 얼굴로 그동안 많은 일이 있었다는 그의 얘기에 걱정부터 앞섰다. 좋은 일도 슬픈 일도 있었다는 그의 말에 많은 팬들이 진심 어린 댓글을 남겼다. 흔적을 남기지는 않았지만 나 역시 아이가 태어났을 때를 생각하며 응원의 마음을 담아 보냈다.

    그렇게 끝날 줄 알았다. 하지만 이상한 일이 생겼다. 포털 사이트에 그의 이름이 실시간 검색어 1위로 오르더니 하루 종일 그 자리를 차지하고 있었다. 인기 있는 연예인이라는 걸 감안해도 꽤 오랜 시간 동안 1위 자리를 고수하고 있었다.

'이게 왜 하루 종일 이슈가 되는 거지?'

조금 의아한 생각에 그의 이름을 클릭해 보았더니 연관 검색어에 이런 것들이 나타나기 시작했다.

"김○○ 근황, 김○○ 아내, 김○○ 아기, 김○○ 인스타그램, 김○○ 슬픈 일……."

그 아래 보이는 카페 게시글에는 도대체 무슨 일이냐, 궁금하다, 슬픈 일이 무엇일까, 아는 사람 없냐는 등의 내용을 다수 발견할 수 있었다.

사람들이 그의 소식을 궁금해 하다못해 수사를 하듯 찾고 있는 모습을 보자니 마음이 씁쓸했다. 도대체 뭐가 그렇게 궁금한 것일까. 그가 스스로 밝히지도 않은 개인적인 이야기를 놓고 열과 성을 다해서 알고 싶어 하는 이유는 무엇일까.

○ ○ ○ ○ ○

남의 일에 관심이 많은 사람들. 오지라퍼라는 말이 잘 어울릴 정도로 타인의 삶에 관심이 많은 사람들이 있다. 근데 재미있는 건 좋은 쪽보다 안 좋은 쪽에 더 흥미를 갖는다는 점이다. 타인의 좋은 일보다는 나쁜 일에 관심이 많고 그게 뭔지 알고 싶어서 온갖 방법을 강구한다. 도대체 무엇을 위해서일까. 남들이 안되면 없던 자존감이라도 생기는 것일까?

정보의 홍수 속에서 살고 있는 우리에게 제일 쉽게 다가오는 것이 촌평(가십, gossip) 기사다. 그중에는 연예인에 대한 것이 가장 많은데 사람들의 흥미를 자극할 수 있기 때문이다. 연예인에 관심을 갖는 것 자체를 말리고 싶지는 않지만, 굳이 몰라도 되는 그들의 사생활까지 신경 쓴다면 그건 문제다.

나를 둘러싸고 있는 바깥의 여러 가지 일에 관심이 많은 걸 뭉뚱그려 나쁘다고 말하고 싶지는 않다. 하지만 이거 하나는 짚고 넘어가자. 우리가 그 바깥일에 써 버리는 시간이 길어질수록 내 안에 있는 것들은 신경 쓰기가 힘들다.

물론 그 바깥일이 중요한 사회적 이슈라거나 환경 등의 변화에 관한 내용이어서 내가 놓쳐선 안 될 정보라면 모르겠지만 그렇지 않음에도 자신의 에너지를 쏟아부을 필요가 있을까.

여전히 나에게 오지랖 유전자가 남아 있는지 연예인이나 타인의 사생활에 대한 얘기를 들으면 본능적으로 궁금한 마음이 생긴다. 그럴 때마다 이것이 단순한 호기심인지 아니면 오지랖인지를 의식적으로 생각해 보려고 한다. 늦은 감이 없지 않지만, 이제부터라도 조심해야겠다. 중요하지도 않은 정보를 알고 싶어 계속 오지랖을 부리다가 소중한 내 시간과 에너지까지 없애 버리긴 싫으니까 말이다.

✦ 표현하지 않으면 모른다

미리 말하지만 이건 절대로 내가 방금 손가락질을 당해서 쓰는 글이 아니다.

손가락질의 사전적 의미를 찾아보면 이렇다.
1. 손가락으로 가리키는 것
2. 얕보거나 흉보는 것

손가락은 분명 다섯 개인데 손가락질이라는 말은 주로 두 번째 손가락(검지)을 사용하여 무언가를 가리키는 말로 굳어진 모양이다. 게다가 누군가를 얕보거나 흉보는 제스처로 사용되기도 하니, 손가락질을 하든 당하든 썩 좋은 상태는 아니라는 의미다.

한편 첫 번째 손가락, 즉 엄지를 펴서 내보이는 행위는 누군가를 추켜세우거나 칭찬할 때 자주 쓴다.

공교롭게도 엄지와 검지, 두 손가락의 의미는 다르다. 그것도 완전히 반대다. 엄지가 누군가를 칭찬하고 올려 주는 역할을 한다면, 검지는 타인을 윽박지르고 깎아내리는 역할을 한다.

우리는 살면서 엄지보다 검지를 훨씬 많이 사용한다. 특히 타인에게 그렇다. 남들에게 좋은 말을 하기보다는 지시하고 흉보고 삿대질하는 것을 좋아한다. 그게 훨씬 쉽고 편하기 때문이다. 그리고 나 역시 여기에서 자유롭지 못한 사람이다.

내 마음속에선 시도 때도 없이 두 번째 손가락이 꿈틀거린다. 나에게 아무런 피해를 주지 않음에도 누군가를 미워하고 질투하고 부러워하고 시기한다. 그렇게 한다고 하늘에서 뭐가 떨어지는 것도 아닌데 말이다.

반면 살면서 누군가를 향해 엄지손가락을 펴 본 적은 손에 꼽을 정도다. 나는 남들로부터 좋은 평가를 받고 싶어 하고 인정받고 칭찬받기를 원하면서 정작 타인에게는 엄지손가락을 제대로 펴 보지 않았다. 너무너무 서툴렀다. 나뿐만 아니라 세상 사람들 모두가 이렇게 살아왔기 때문에 검지가 엄지보다 길어진 게 아니냐고 묻는다면 어불성설일까.

우리는 칭찬, 좋은 말, 응원, 사랑 같은 긍정적인 의사표현에 인색하다. 타인을 칭찬하다 보면 괜히 부끄럽고 민망한 기분이 들기도 한다. 말하지 않아도 알아주겠지 하며 입을 닫는다. 흉보기 쉬운 만큼 좋은 말도 쑥쑥 나오면 좋으련만 잘 안 된다. 하지만 이제부터라도 조금씩 노력해 보는 건 어떨까. 돈 드는 것도 아닌데. 칭찬은 고래도 춤추게 한다는 뻔한 말도 있지 않은가. 마음속에 있는 검지는 줄이고 엄지를 늘려 보는 거다.

✦ 일단 하고 본다

자동차 블랙박스에서 경고음이 울렸다. 후방카메라가 인식이 안 된다는 메시지가 계속해서 뜬다. 그런데 잠깐 울리다 말다를 반복하는 걸 보니 아무래도 배선에 접촉 불량이 났나 보다. 새로 산 지 얼마 되지도 않은 것 같은데 왜 이렇게 빨리 고장이 나는 걸까.

블랙박스가 작동하지 않는다고 해도 운행하는 데에는 아무 문제도 없지만, 경고음 때문에 매번 신경이 쓰였다. 만일의 사고에 대비해 얼른 고쳐야 하지만 일이 너무 바빠 정비소에 갈 시간이 없었다.

가야지, 가야지 하면서도 매번 미루게 돼 몇 주간 시끄러운 경고음을 귀로 받아들이며 버텼다. 안 그래도 거슬리던 소리였는데 오늘 아침에 있던 안 좋은 일로 짜증이 불쑥 올라와 블랙박스에 연결된 케이블을 전부 빼 버렸다.

한참을 운전하며 가고 있는데 슬슬 겁이 나기 시작했다. 전방카메라는 잘 작동하던데 조금 시끄럽더라도 안전을 위해 블랙박스를 다시 켜야 하지 않을까? 내가 부린 변덕에 어이없어 하면서 다시 전원을 연결했다. 그런데 웬걸. 시끄러웠던 경고음은 온데간데없고 액정엔 후방카메라의 영상이 선명하게 나타났다. 어라. 되는데? 그동안 왜 그랬던 거지?

알고 보니 후방카메라를 연결하는 케이블이 헐겁게 끼워져 있었다. 겨우 이거였나. 진즉 할걸. 해 보지도 않고 경고음이 시끄럽다고 짜증을 내던 지난 몇 주가 참으로 허탈하다.

블랙박스를 고치기 위해서 당연히 정비업체에 방문해야 한다고 생각했다. 전원 케이블을 한번 뺐다 끼워 보는 것 정도는 해 볼 수 있었을 텐데 내가 할 수 없는 일이라고 단정 지었다. 나는 왜 이걸 내가 할 수 없는 일이라고 생각했을까.

그러고 보니 살면서 이런 적이 한두 번이 아니었다. DIY제품 대신 비싼 완제품을 주문했던 일, 전화 한번 해 보지도 않고 영업이 끝났다고 생각해 먹지 못했던 피자, 기타를 배우고 싶었지만 지레 겁을 먹고 포기했던 기억들까지. 안 돼. 이건 못할 것 같아. 이런 식으로 정말 많은 것들을 놓치고 살았겠구나.

오늘 아침 '나는 못 해.' '할 수 없어.'라는 이놈의 마음 때문에 놓치고 살았던 수많은 것들을 생각하며 진한 아쉬움을 느꼈다. 앞으로는 안 되더라도 일단 해 보고 판단하겠다는 굳은 다짐과 함께 말이다.

끊임없이 변하는 연습이 필요하다

　　　햇빛을 머금었던 바다가 뒷걸음을 치자 하얀 모래 바닥이 조금씩 모습을 드러냈다. 아직 4월이지만 제주의 바다는 예상 외로 따뜻했다. 신발과 양말을 벗고 바지를 걷은 채 아이의 손을 잡고 도망가는 바다를 따라 걸었다.

　물이 빠져 드러난 갯벌엔 무수히 많은 고둥과 그것들이 뚫어 놓은 작은 구멍으로 가득했다. 신기해하는 아이와 함께 팔을 걷어붙이고 고둥을 잡기 시작했다.

　단단한 껍데기 속에 말랑말랑한 것이 꿈틀대면서 모래 위에 길을 만들어 제 갈 길을 가고 있다. 그런가 하면 벌써 잡아먹혔는지 속 빈 껍데기뿐인 것도 많다. 나머지는 다 구멍 속에 숨어 있으려나 생각하는데 눈앞에서 큼지막한 고둥 하나가 요란하게 움직이기 시작했다.

　'고둥이 저렇게 빠른가?'

　자세히 보니 앞쪽에 길쭉한 다리가 꿈틀대고 있었다. 이건 아까 본 말랑말랑한 생명체가 아니다. 손을 가까이 가져갔다. 빠른 속도로 왔다 갔다 하더니 꽤 무거워 보이는 고둥을 짊어진 채 잡히지 않으려고 필사적으로 도망을 친다. 녀석은 고둥이 아니라 고둥을 제집 삼아 살고 있는 집게였다.

집게는 포식자로부터 자신을 보호하기 위해 단단한 껍데기를 가진 고둥류를 집으로 사용한다. 그리고 몸집이 커지면 살던 껍데기를 벗어버리고 새로운 고둥을 찾아 떠난다. 두 마리의 집게가 서로 고둥을 차지하려고 먼지 나도록 싸우던 다큐멘터리가 생각났다.

고둥 속에 몸을 숨겨 도망가는 집게를 한참 동안 바라보았다. 움직이려고 발을 내밀었다가 위험을 느끼면 바로 고둥 안으로 들어가 나오지 않는다. 이것이 집게가 생존하는 방식이다. 하지만 그렇게 안전함만을 추구하는 집게도 언젠가는 자기 몸에 맞는 더 큰 고둥을 구하기 위해 바깥으로 나올 수밖에 없다. 그때가 집게의 인생에서 가장 큰 변화일 것이며 녀석의 일생 중 제일 위험할 때일 것이다.

문득 내가 지금 처한 상황이 이 녀석과 비슷하다는 생각을 하게 된 건 이런 이유 때문이었을까. 변하기 위해서는 위험을 감수해야 한다는 것을 보면 집게나 사람이나 다를 게 없다.

○ ○ ○ ○ ○

살다 보면 변화해야 할 때가 온다. 기존의 것이 주는 편안함과 안정감을 무시할 순 없지만 새로움에 대한 열망과 기대감 덕분에 우리는 훨씬 더 설레고 즐거운 삶을 살 수 있다.

하지만 변화에는 따라오는 것들이 있다. 겪어 보지 않은 것에 대한 두려움과 불안감이다. 우리에게는 생존을 위한 본능이 숨어 있다. 익숙하지 않은 것은 위험한 것으로 판단한다. 사람이 쉽게 변하지 못하는 이유도 마찬가지다.

세상은 변하고 있다. 단 한 번도 제자리인 적이 없었다. 나를 둘러싸고 있는 외부 환경은 계속해서 변하는데 나만 제자리에 있다면 어떤 식으로든 도태될 수밖에 없다. 몸집은 계속 커지고 있는데 다른 집을 구하러 가다가 잡아먹히면 어떡하지 걱정하며 고집부리고 있는 셈이다.

변화는 자연스러운 것이다. 변화의 그림자인 두려움 역시 자연스러운 감정이다. 우리는 삶을 살아가면서 끊임없이 변하는 연습을 해야한다. 그래서 변하고자 할 때 저절로 따라오는 두려움을 최소화하고 그것을 극복할 수 있는 내공을 쌓아야 한다. 해 보고 실패하고 깨지고 경험해야 한다.

고둥에 들어가 있는 집게에 대해 아이에게 설명해 주고 이제 집으로 돌려보내 주자 말했다. 휴대폰에 녀석의 영상을 담고 바다에 놓아주었다. 녀석은 물을 만나자마자 부리나케 달려가더니 이내 모래먼지 속으로 사라졌다.

시간이 흘러 저 집게가 자라게 되면 안전했던 지금의 고둥을 박차고 나와 더 큰 고둥을 찾아갈 것이다. 그때가 되면 이 녀석도 두려워할지 모른다. 크고 작은 위험을 맞닥뜨릴 테니까. 가는 길 중간마다 포식자를 만날 수도, 고둥을 놓고 다른 집게와 목숨을 건 싸움을 할 수도 있다. 하지만 이 작디작은 집게는 그 모든 걱정을 자연스럽게 받아들일 것이다. 그리고 온전히 감당하며 살아갈 것이다. 녀석은 이미 알고 있다. 더 나은 삶을 위해서 이까짓 두려움 따위는 극복해야 한다는 것을.

제주에서 마주한 고둥 속 집게 덕분에 우리 가족이 간직할 추억이 하나 늘었다. 그리고 많은 것을 느끼게 해 주었다. 혹시 지금 나는 안락

한 고둥 안에 숨어 밖으로 나올 생각조차 하지 못하는 살찐 집게가 아니었을까. 살기 위해 용을 쓰며 도망가던 이 작은 생명체가 중요한 숙제 하나를 툭 던져 놓았다.

현재의 행복과 미래의 행복

출근길 지하철에서 한 소녀를 보았다. 남은 눈곱도 떼지 못한 졸린 눈빛, 코허리 밑으로 내려와 있는 안경, 적당히 뒤로 기대앉은 자세는 그녀가 지금 꽤 피곤하다는 걸 알려 주었다. 그런데도 책 한 권을 손에 꼭 쥐고 계속해서 입술을 꼼지락거렸다.

무슨 책일까 궁금해 살펴보니 'VOCABULARY 완전정복'이라는 제목이 눈에 들어온다. 영어 단어를 외우느라 졸린 눈을 부여잡고 있었던 것이다. 갓 중학생이 된 듯한 앳된 얼굴에 어려 있는 표정이 출근하는 어른들보다 훨씬 심각해 보여 마음이 편치만은 않았다.

그녀를 보고 있자니 나의 그 시절이 떠올랐다. 아주 오래전 일이지만 그때의 나도 '우선순위 영단어'를 붙잡고 있었다. 내 앞의 소녀만큼은 아니지만 나도 나름대로 열심히 했다. 시간이 지날수록 노는 데 정신이 팔려 성적이 내리막길을 걸었지만 말이다.

그때의 기억 속에 한 친구의 모습이 떠올랐다. 쉬는 시간에도 점심시간에도 책을 놓지 않고 있던 녀석. 기를 쓰고 공부하던 그 친구는 지금 무엇을 하고 있을까. 사법고시에 패스해 판검사가 되어 있을까. 아니면 잘나가는 의사가 되어 있을까. 당시의 나는 그 녀석이 왜 그렇게 공부만 하는지 이해하지 못했다. 저렇게 살면 행복할까? 공부도 적당히

마흔에는 잘될 거예요

해야지. 친구들과 놀기도 하고 이것저것 해 봐야 하는 거 아니겠어? 이러면서도 친구의 높은 성적을 부러워하곤 했다.

당구장을 들락거리고 농구에 미쳐 산 덕분에 결국 원했던 대학에 가지 못했다. 어린 시절 꿈꿨던 장래희망도 이루지 못했다. 그렇다고 그때 공부하지 않은 걸 후회하느냐고 묻는다면 그렇지 않다고 말하고 싶다.

지금 돌아봐도 나의 학창시절은 좋았던 기억들로 가득하다. 자전거를 타고 학교로 향하던 길이 좋았고 농구공 하나 들고 이곳저곳을 돌아다니며 운동하던 하루하루가 신이 났다. 성적에 대한 걱정보다 즐거움이 훨씬 컸기에 지금도 그때가 생각나고 그립다.

○ ○ ○ ○ ○

공부만 열심히 하던 친구, 운동을 즐기던 친구, 자율학습을 건너뛰고 놀러 다니던 친구. 모두 달랐지만 그들의 목표는 같았다. 우리는 모두 각자의 방식으로 행복을 찾기 위해 노력한다. 만약 내가 그때의 시간을 희생해 공부를 했다면 나는 행복한 학창시절을 보냈을까? 그랬다면 지금 나는 더 괜찮은 사람이 되어 있을까? 아무리 물어봐도 짐작할 수가 없다.

우리의 모습은 둘 중 하나다. 현재의 행복을 위해 살거나 미래의 행복을 위해 현재를 희생하거나. 하지만 이 두 가지 중에서 무엇이 더 좋은 선택인지는 알 수 없다. 이 문제에는 정답이 없다. 인생에 정답이 없는 것처럼 말이다. 그저 자신의 선택에 후회하지 않기만을 바랄 뿐이다.

지하철에서 본 그 소녀가 행복했으면 좋겠다. 피곤함을 이겨 내고 열심히 공부하는 것을 선택한 그녀가 현재의 시간을 좋은 마음으로 인내하며 공부하길 희망한다. 어쩌면 힘들고 두려울지도 모르겠지만 그것이 그녀의 인생을 조금 더 풍요롭게 만들 수 있는 발판이 되었으면 좋겠다. 그래서 결국 그녀의 인생도 행복했으면 한다.

내려야 할 역에 도착했다. 발걸음을 옮기며 그녀를 다시 쳐다보았다. 꼼지락거리는 입 모양을 보니 한창 집중하고 있나 보다. 좋은 하루가 되길. 마음으로 인사를 전하며 회사로 향했다.

✦ 어디에든 항상 길은 있다

"어이, 총각! 일어나! 집에 안 갈 거야?"

헉, 내가 또 잠들었나.

"허 참. 탈 때부터 그리 자더니만. 여기 종점이야. 운행 끝났으니까 빨리 집에 가."

내가 들은 종점이 그 종점이라면 이곳은 경기도 시흥에 있는 버스 차고지다. 이미 열두 시가 넘은 시각이라 돌아가는 버스는 없다. 어쩔 수 없이 택시를 잡아타고 왔던 길을 되돌아갔다.

버스를 타고 출퇴근을 하던 신입사원 시절엔 참 많은 일이 있었다. 당시 나는 봉천동 언덕에 있는 반지하 원룸에 살았는데, 주로 회사 앞까지 한 번에 갈 수 있는 5413번 버스를 타고 다녔다. 매일 똑같은 코스로 출근과 퇴근을 반복했음에도 가끔은 버스를 잘못 타거나 내려야 하는 정류장을 지나치기도 했다. 딴생각을 하다가, 선잠이 들었다가, 심할 때는 술에 취해 깊은 잠에 빠져 버려 종점까지 갔다 오기도 했으니 대충 버스에서 있을 수 있는 일은 거의 다 겪어 본 듯하다.

그래도 어떻게든 집으로 돌아왔다. 반대편에서 버스를 타거나 택시를 타거나 걸어서 온 적도 있지만, 어찌됐든 항상 집으로 돌아갔다. 아무리 심한 일이 생겨도 어떻게든 집에 갈 수 있는 길은 있었다. 설령 버스를 놓치거나 잘못 타서 외딴 종점에 홀로 남겨지더라도 그것을 바로잡을 방법이 있었다.

1년이 넘는 시간 동안 그 초록색 버스는 언제든 나를 가야 할 곳으로 데려다주었다. 회사로, 집으로, 친구들과의 약속 장소로.

우리의 삶도 그렇다. 어디인지 모를 인생의 목적지를 향해 수많은 버스에 올라탄다. 때로는 놓치거나 잘못 타서 갔던 길을 되돌아오기도 하지만 다시 힘을 내서 원래의 목적지로 가기 위해 노력한다. 실패하더라도 내가 먼저 포기하지 않으면 이내 다음 버스가 다가올 것을 알기에 묵묵히 제 할 일을 하며 기다린다.

10년이 지난 지금은 버스로 출퇴근을 하지는 않지만 가끔 버스에 오를 때면 그때 생각이 난다. 내릴 곳을 지나쳐 반대 방향 차를 타러 뛰어갔던 일, 사람들이 넘쳐 콩나물시루보다 심했던 버스에 간신히 올라 출근했던 일, 종점에서 나를 깨워 집으로 돌려보냈던 기사님의 얼굴까지도.

버스를 타고 가는 많은 사람들을 보며 그들도 나름의 목적지가 있을 거라는 생각이 든다. 가끔은 원치 않는 곳에 가 있을 수도 있고 너무 멀리 와 버렸을 수도 있지만 그렇다고 좌절하고 실망하며 다시는 돌아가지 않겠다고 눌러앉을 필요는 없다. 어쨌든 항상 돌아갈 길은 있고 버스는 계속해서 내 앞을 지나갈 테니 말이다. 다시 갈 곳을 정하고 몸을 실어 보는 거다.

다행인 것은 운행 시간이 정해져 있는 버스와 달리 우리 인생 버스
에는 막차 시간이 없다는 것이다. 5413번 버스는 밤이 되면 끊기지만,
내가 타고 나아갈 버스는 아직 멈추지 않았다.

진심으로 최선을 다해야 하는 이유

#1.

새내기 시절 짝사랑하던 여학생이 있었다. 몇 번의 구애 끝에 그 아이와 만나게 됐다. 설레는 첫 데이트를 마치고 집으로 바래다주는 길이 너무나도 짧게 느껴진다.

아, 시간이 이대로 멈춰 버렸으면. 곧 그녀와 헤어져야 한다는 걸 알기에 지금의 이 시간은 너무나도 소중하다.

#2.

연휴가 끝난 월요일 아침. 평소보다 일찍 맞춰 놓은 알람이 요란한 소리로 울어 댄다. 이불 속이 더없이 포근하다. 따뜻한 이불 속에서 10분 더 늦잠을 자는 시간. 눈을 감고 떴을 뿐인데 순식간에 지나가 버렸다.

아, 시간이 이대로 멈춰 버렸으면. 이제 곧 이불과 떨어져야 한다는 것을 알기에 지금의 이 시간은 너무나도 소중하다.

#3.

난생처음으로 가족들과 해외여행을 갔다. 촘촘하게 짜 놓은 여행 일정이 순식간에 지나가 버린다. 이곳의 시간은 한국보다 더 빠르게 흐르는 것일까.

아, 시간이 이대로 멈춰 버렸으면. 이제 곧 일상으로 돌아가야 한다는 것을 알기에 지금의 이 시간은 너무나도 소중하다.

#4.

결혼 후 캐나다로 이민을 간 누나가 몇 년 만에 한국에 왔다. 한 달 남짓한 여정을 끝내고 인천공항으로 누나를 데려다주는 길. 뒷자리에 앉아 있는 어머니와 누나가 두 손을 꼭 잡고 쓰다듬으며 눈물을 흘린다. 언제 다시 만날지 모르는 기약 없는 안녕이다.

아, 시간이 이대로 멈춰 버렸으면. 이제 이별해야 한다는 것을 알기에 지금의 이 시간은 너무나도 소중하다.

지금 이 순간이 너무나도 소중해 속절없이 흘러가는 시간이 참 야속하다. 이제 곧 헤어져야 한다는 사실을 알아 버린 때부터 시간의 소중함은 피부를 거쳐 마음속 깊은 곳까지 순식간에 파고든다. 지금의 1분 1초에 집중하며 진심으로 최선을 다하게 된다.

그러나 우리는 누구보다 헤어짐의 아쉬움을 잘 알면서 정작 매 순간의 삶에는 최선을 다하지 못한다. 우리도, 내 삶도 언젠가는 세상과 헤어질 것인데 말이다.

2장

마흔부터 달라지기로 했습니다

_진짜 나와 마주하기

뒤를 돌아보니 걸어온 길이 참 구불구불하다.
정신없이 빠르게 달려온 마흔,
재정비할 시간이 필요하다.

신경 *끄기*의 기술

　　　사건의 시작은 그날부터였다. 서른아홉의 평범한 직장인 권모씨는 책을 쓰기로 결심했다. 그의 머릿속엔 분위기 있는 카페에서 우아하게 앉아 노트북 자판을 두드리고 있는 자신의 모습이 그려졌다. 그래. 책을 쓰려면 노트북 하나쯤은 필요하겠지. 인터넷을 뒤져 검색을 하기 시작했다. 카페와 블로그에 있는 후기도 꼼꼼하게 읽어 보고 컴퓨터를 잘 아는 친구에게 이것저것 물어보기도 했다. 고민에 고민을 거듭하다 노트북을 주문했다.

　노트북이 도착했다. 이제 책 좀 써 볼까 하는 마음이 뭉게뭉게 솟아오른다. 그런데 문제가 하나 있다. 매번 카페에 갈 수도 없는 노릇인데 집에는 진득하게 앉아 작업할 만한 공간이 없다. 아내와 상의해 가구 배치를 바꿨다. 허름한 책상은 중고 사이트에 올렸다. 그리고 새 책상을 주문했다. 이제 책상만 오면 글을 쓸 수 있다.

　며칠이 지나고 책상이 왔다. 마음에 쏙 든다. 그런데 글을 쓰려고 의자에 앉아 보니 너무 차갑고 딱딱하다. 안 되겠다. 의자도 바꿨다. 그다음엔 스탠드 조명, 노트북 가방. 이런 식으로 많은 것들을 바꾸고 나서야 책을 어떻게 써야 할지 아무런 생각도 하지 못했다는 걸 알게 됐다. 나는 얼굴도 모르는 어떤 프랑스 사람이 했던 일을 그대로 따라 하고 있었다.

디드로는 어느 날 친구에게 실내복 하나를 선물 받았다. 그때부터 서재에 서서히 변화가 일어나기 시작했다. 그동안 아무렇지도 않게 사용하던 책상이 우아한 실내복과 대조가 되면서 왠지 낡고 초라하게 느껴졌다. 그래서 새것으로 바꾸었다. 시간이 좀 지나자 벽걸이 시계가, 그후엔 의자, 장롱, 책장 등 서재의 모든 것이 초라해 보였다. 급기야 그는 서재 전체를 바꾸게 됐고 바뀌지 않은 것은 자기 자신밖에 없다는 것을 깨달았다.

책을 쓰려고 마음먹었으나 돈만 실컷 쓴 나처럼, 실내복 하나에 서재 전체를 바꿔 버린 디드로처럼 어떤 물건을 구입하고 나서 그에 어울리는 다른 제품들을 계속 구매하는 현상을 '디드로 효과'라고 한다. 주로 소비 심리를 설명할 때 사용하지만, 디드로 효과는 목표와 실행의 관점에서 볼 때 더 중요한 의미가 있다. 사람들은 어떤 일을 하는 과정에서 부수적인 것들을 처리하느라 정작 중요한 일은 놓치게 되는 경우가 많다. 또한 우리는 이런 행동을 매우 자주 하지만, 자신의 이런 모습을 잘 의식하지 못한다.

내가 이렇게 행동한 이유는 아주 단순하다. 해야 할 일을 하는 게 싫기 때문이다. 하긴 해야 하는데 그게 싫다 보니 할 일을 피하면서 왠지 그것과 관련 있어 보이는 다른 쉬운 일을 찾아낸 거다.

"책을 쓰려면 노트북이 하나 있어야 해."라는 말은 "노트북이 올 때까지는 책을 안 써도 된다."라는 뜻이다. 이게 진짜 이유다. 중요하지만 하기 싫은 일이 눈앞에 있을 때 별로 중요하지 않은 일을 하면서 스트레스를 피하려고 한다.

'디드로 효과'라는 말을 알게 된 것도 얼마 안 됐지만, 사실 지금까지 단 한 번도 스스로에게 물어보지 못했다. 나는 여태까지 이렇게 살아온 것일까. 중요한 일을 하기 싫어서 별로 중요하지 않은 일만 죽어라 열심히 해 온 게 아니었을까.

불과 얼마 전에도 그랬다. 매일 아침 30분씩 일찍 일어나서 하루 계획을 세우고, 나 자신을 위한 시간을 보내자고 결심했다. 하지만 눈을 뜨자마자 나는 스마트폰을 붙잡고 있었다. 오늘 나를 위해 마련했던 아침 시간은 어제 있었던 축구 경기 결과와 실시간 뉴스에 묻혀 사라졌다. 중요하지 않은 것들을 보느라 중요한 일을 하지 못했다. 내 머릿속은 새로 들어온 소식들로 가득했다. 내 인생에서는 그다지 필요하지 않은 것들임에도 불구하고 말이다.

우연히 만난 디드로 덕분에 나는 내가 지금까지 의식하지 못한 채 그렇게 행동하고 있었다는 것을 알게 됐다. 이대로라면 죽을 때까지 중요한 일은 하지도 못하고 살 수도 있겠다는 위기감이 몰려왔다.

'이렇게 살아도 괜찮은 걸까?' '잘 살려면 뭘 해야 할까?'

마흔이 되니 이런 생각들을 종종 하게 된다. 어쨌든 이제부터라도 더 좋은 방향으로 삶을 변화시키기 위해 해야 할 일을 생각나는 대로 적어 보려고 한다. 일주일에 세 번 운동하기, 새로운 것 배우기, 책읽기, 명상하기 등등. 그리고 이렇게 마음을 다잡아 본다. 목표를 이루기 위해 지금 나에게 필요한 건 다른 데 신경 쓰지 않고 중요한 일을 곧바로 실행할 수 있는 능력이다. 나와는 무관한, 쓸데없는 정보에 시간을 허비하지 않고 그대로 직진할 수 있는 힘 말이다.

콤플렉스

"혹시 오빠 주변에 괜찮은 남자 없어?"

대학교 후배에게 연락이 왔다. 뜬금없는 소개팅 요청이다. 그것보다 스무 살 새내기였던 그녀가 벌써 삼십 대 중반이 되었다는 게 놀라울 따름이다.

"음, 찾아보면 있을 것 같긴 한데. 근데 너 어떤 스타일 좋아하는데?"

"에이, 내 나이가 몇인데 그런 게 어디 있어. 나 이제 외모 안 봐."

"아, 그래? 알았어. 그럼 성격 괜찮은 친구로 찾아볼게."

"잠깐!"

"왜?"

"그래도 키는 커야 한다. 알았지?"

외모를 보지 않는다던 그녀는 키 작은 남자는 절대 안 된다는 말을 남기고 전화를 끊었다. 나는 천사 같은 아내를 만났나 보다. 나 같은 남자와 결혼도 해 주고. 다행이라 생각해야 하나? 마음이 씁쓸했다.

나는 어릴 때부터 작았다. 자존심 같지도 않았던 자격지심 때문에 말은 못 하고 살았지만 작은 키는 언제나 내 콤플렉스였다. 사람들 앞에서 앉아 있다가 일어나는 것이 부끄러울 정도로 키에 대한 엄청난 열등감을 느끼고 있었다. 총각 때는 항상 큼지막한 신발 속에 키높이 깔

창을 깔았고 사진이라도 찍을 때면 부리나케 턱을 추어올리곤 했다. 조금이라도 커 보이고 싶었던 나름의 발버둥이었다. 하지만 희망과는 다르게 키는 자라지 않았다. 나를 더 크게 만들 방법은 이 세상에 없었다.

서른 즈음의 어느 날, 키높이 운동화를 신으려다 문득 내가 왜 이러고 있을까 하는 생각이 들었다. 몇 센티미터 커진다고 내가 다른 사람이 되는 것도 아닌데. 나는 그동안 키에 집착하며 나 자신을 괴롭히고 있었던 게 아닐까.

그제야 나는 내가 남들에 비해 작다는 사실을 인정했다. 겹겹이 쌓여 있던 깔창을 빼고 아주 오랜만에 편한 신발을 신었다. 그리고 스스로에게 사과했다. 그동안 고생시켜서 미안하다고. 바꿀 수 없다면 편하게 마음먹고 살자고 얘기해 주었다. 그리고 그걸 받아들이자마자 신기하게도 작은 키는 더 이상 내 콤플렉스가 되지 않았다.

○ ○ ○ ○ ○

정신을 차려 보니 나만 내 외모에 신경을 쓰고 있었다. 정작 다른 사람은 별 관심도 없는데 내 멋대로 정해 놓은 기준에 따라 나 자신을 평가하고 있었다. 나는 스스로 피해 의식을 만들어 놓고 그걸 키워 가고 있었다.

있는 그대로의 내 모습을 받아들이기까지 30년이 넘는 시간이 걸렸다. 아무것도 아닌 일을 왜 그렇게 어렵게 생각했을까. 타인의 시선에 나를 맞추지 말고, 마음속에 '이상'을 그려 놓고 그것과 비교하는 것도 멈추고 지금의 내 모습을 인정해 주자. 그리고 지금을 기준으로 여기서 조금씩만 더 멋지게 살려고 해 보자. 그렇게 되면 나는 어제보다 조금 더 잘난 사람이 될 수 있을 테고, 충분히 자신을 사랑하게 되지 않을까.

요즘 머리카락이 조금씩 얇아지고 있다는 걸 느낀다. 키는 원래 작았으니 세월이 더 흐르면 이제 키 작은 대머리가 될 것이다. 그러나 이젠 걱정하지 않는다. 그때가 되어도 나는 내 모습을 예뻐해 줄 테니.

✦ 각자의 가치

삼십 대의 마지막 생일날. 퇴근하고 집에 가 보니 형형색색 풍선들이 천장에 잔뜩 붙어 있다. 초등학생인 조카들이 이모부의 생일을 축하해 주겠다고 온 집안을 풍선으로 장식했다. 한없이 고마웠지만 이걸 언제 다 치울까 하는 생각이 먼저 들었다.

며칠이 지난 주말, 거실로 나와 보니 집안 꼴이 말이 아니다. 군데군데 널브러진 아이의 장난감, 개다 만 빨래, 과자 부스러기들. 그리고 며칠 전에 붙여 놓았던 풍선들.

팽팽하게 불어 천장에 붙여 놨던 풍선의 바람이 빠져 있었다. 일부는 바닥에 떨어져 있었고 그나마 붙어 있는 것도 힘없이 늘어져 있었다. 지저분하고 보기에도 안 좋아 하나씩 떼어 정리하기 시작했다.

몇 시간이 지났을까. 아이와 함께 외출했던 아내가 돌아왔다. 말끔해진 집을 보며 아내가 고맙다는 표정을 짓는다. 나도 기분이 좋다. 그런데 갑자기 아들 녀석이 자지러지게 울기 시작했다.

"아빠 미워!"

"어? 왜 울어? 응? 왜?"

"풍선 다 어디 갔어?"

"그거 바람이 빠져서 못 써. 아빠가 다 청소했는데."

내가 그렇게 잘못한 건가? 생각할 겨를도 없이 우는 아이에게 나중에 풍선을 많이 사 주겠노라 약속하며 어르고 달랬다. 그리고 아이가 잠들고 나서야 쓰레기통에 담긴 풍선 쪼가리를 보며 이런저런 생각을 하게 됐다. 내 눈에는 쓰레기처럼 보여도 어쩌면 아이에게는 보물일 수도 있을 텐데 그 생각을 하지 못했다. 아이의 눈높이가 나와 똑같을 거라 판단해 버린 것, 그게 내 잘못이다. 아이의 눈에 담긴 풍선과 아빠가 보는 풍선은 분명 다르다.

청소를 하던 나의 마음을 곱씹어 보자니, 바람이 빠져 버린 풍선은 이미 제 기능을 하지 못하는, 지저분하고 버려야 할 물건이었다. 빵빵하지 못한 풍선은 사용 가치가 없다. 흠이 있으니 더 이상 필요 없는 것이다.

그렇지만 아이에겐 그게 아니었다. 여전히 예쁘고 훌륭한 장난감이었다. 빵빵한 풍선은 빵빵한 대로, 바람이 빠진 풍선은 또 그 나름대로 가지고 노는 재미가 있다. 아이에게 못 쓰는 풍선이란 없었다. 바람이 빠지든 말든 아름답고 소중한 놀잇감이다.

○ ○ ○ ○ ○

나는 사물의 기능적인 측면만을 생각했다. 제 기능을 하느냐 못 하느냐만 가지고 대상을 평가하고 판단했다. 그게 비단 사물뿐이었을까. 내가 만나는 수많은 사람에게도 같은 잣대를 들이밀며 마음속으로 재단해 오지 않았을까. 사람이든 물건이든 나에게 도움이 되는지 아닌지를 기준으로 삼다 보니 시나브로 편협한 사고방식으로 세상을 바라보

마흔에는 잘될 거예요

고 있었던 것이다.

이제부터라도 바꿔야겠다는 생각이 들었다. 그렇지 않으면 다른 방식으로 세상을 바라보는 눈을 잃어버릴지도 모르니까 말이다. 지금까지 만들고 적용했던 내 가치판단의 기준이 과연 맞는지, 다른 여지는 없는지, 새로운 시각이 있을 수는 없는지 항상 고민해 보자. 내가 틀릴 수도 있다는 사실, 내가 모를 수도 있다는 사실을 겸허하게 인정하고 받아들이자. 이것이야말로 더 많은 걸 배우기 위한 첫걸음이다.

어렵다는 거짓말에 속지 말자

처음이었다. 부모님의 품을 떠나 낯선 곳에 온 것도, 친구들과 외박을 한 것도. 치기 어린 십 대 철부지 소년은 자유의 참맛을 느끼며 난생처음 '일탈'을 했다.

술을 마셨다. 제사 때 아버지가 주셨던 술과는 매우 달랐다. 소주는 알코올 냄새가 가득했고, 맥주는 시큼하기만 했다. 그런데도 계속 들이켰다. 마치 누가 이기나 해 보자는 것처럼. 조금씩 어지럽고 핑 도는 느낌이 몰려왔다.

그때 한 친구 녀석이 가방에서 뭔가를 꺼내 들었다. 예쁜 케이스에 들어 있던 하얗고 길쭉한 물건. 아버지가 매일 입에 물고 계시던 것과 똑같다. 친구는 '디스'라는 이름의 담배를 자연스럽게 입에 가져가 물고 불을 붙였다. 이내 새하얀 연기가 피어나오더니 가로등 불빛을 타고 사르륵 퍼져 나갔다. 취해서 그런가. 그 모습이 꽤 멋졌다.

"야, 나도 하나만 줘 봐."

친구에게 건네받은 한 개비를 만지작거리며 생각했다.

'그래. 단순한 호기심일 뿐이야. 까짓것 한번 경험해 보는 거지 뭐.'

그렇게 시작했다. 하지만 그때는 결코 알지 못했다. 내가 남은 평생을 흡연자로 살게 될 줄은.

대학생이 되고, 군대에 가고, 사회생활을 하는 동안 담배는 삶의 스트레스를 없애 주고 집중과 휴식에 도움을 주는 소중한 친구이자 인생의 동반자가 되었다. 그사이에 점점 기침이 잦아지고 숨소리가 조금씩 쌕쌕거리기 시작했지만, 그저 괜찮다고 생각했다.

"습관이야. 이건 어쩔 수 없어."

시간이 흘러 결혼을 했고 아이도 태어났다. 이제는 담배를 끊어야겠다고 생각했지만 도저히 끊을 수가 없었다. 패치도 붙여 보고 약도 먹어 봤다. 온 힘을 다해 흡연의 덫에서 빠져나오려고 시도했지만 매번 실패였다. 참고 참아도 이틀을 넘기지 못하는 나 자신에게 수만 가지 욕을 퍼부었다. 하지만 그와 동시에 어떻게 하면 담배 한 대를 더 피울 수 있을까 하며 핑계를 찾아 헤맸다.

출구를 찾을 수 없는 복잡한 미로에 갇혀 20년을 보냈다. 흡연의 시작은 미약했지만 그 끝을 보는 건 창대하고 뭐건 간에 그냥 불가능했다. 담배와의 만남은 너무나도 쉬웠지만 이별의 과정은 결코 간단하지 않았다. 그 사이 담배의 덫에 갇혀 있던 내게 사람들은 혐오스러운 눈빛을 보냈다. 아마도 지독한 냄새 때문이었으리라.

금연 관련 서적을 검색하다가 우연히 《Stop Smoking》이라는 책을 읽게 됐다. 곧장 세미나에 참석했고 신기하게도 별 어려움 없이 그 지독한 미로에서 탈출하는 데 성공했다. 지금의 나는 담배를 한 번도 피워 본 적 없는 사람처럼 완벽한 비흡연자의 삶을 살고 있다.

담배를 끊고 싶은데 그렇게 할 수 없는 상황에서 느껴지는 고통과 슬픔, 자괴감은 직접 경험해 본 사람만 알 수 있는 복잡한 감정이다. 담배를 끊고 싶어 죽겠다고 생각하다가 이내 피우고 싶어 죽겠다고 말한다. 스스로 모순에 빠져 있음을 알면서도 그 덫을 탈출할 수 없는 우스꽝스러운 모습이 된다.

모두가 어렵다고 말하지만 실제로 담배를 끊는 방법은 아주 간단하다. 해야 할 일은 단 하나. 마음속에 자리 잡고 있는 두려움만 없애면 된다. 모든 흡연자는 담배가 없는 상황이 두렵다. 내가 담배 없이 잘 살아갈 수 있을까? 스트레스는 어떻게 하고? 심심할 땐? 일도 잘 안 될 텐데? 이런 여러 가지 두려움으로 인해 너무나도 많은 사람들이 금연을 포기한다. 설령 시도하더라도 내가 그랬던 것처럼 실패를 반복한다.

첫 담배를 피우게 된 이유야 사람마다 다르겠지만, 담배를 끊어야겠다고 마음먹은 흡연자들은 모두 같은 상황에 처해 있다. 의지로 참아내든 패치를 붙이든 약을 먹든 다양한 방법으로 금연을 시도하지만 성공률은 그다지 높지 않다.

금연은 100% '생각'의 문제다. 담배를 진정으로 원해서 피우는 것일까 아니면 담배가 없는 시간들이 두려워 끊지 못하는 것일까. 흡연자들은 담배를 좋아하기 때문이라고 말하겠지만 사실 정답은 후자다. 닫혀 있는 마음이 그걸 못 보게 했을 뿐, 담배는 두려움의 또 다른 이름이다. 이것을 인지하는 것이 금연의 출발점이라고 말하고 싶다.

아직도 주위의 흡연자들은 가끔 나에게 "독한 놈"이라고 말한다. 하지만 지금은 그들의 그 말이 부러움의 다른 표현이라는 것을 알고 있다. 하루에도 몇 번씩 '담배 끊어야지.'라는 생각을 하고 있다면, 제대로 시작해 보자. 이제부터라도 어렵다는 거짓말에 속지 말자. 그게 금연이든 무엇이든 간에.

숫자가 뭐라고

　　　　눈앞에 보이는 조그만 구멍에 오른팔을 쑥 집어넣었다. 엉거주춤한 자세로 초록색 버튼을 눌렀더니 '윙' 하는 소리와 함께 구멍이 좁아지면서 서서히 팔을 압박한다. 그 강도가 점점 세져 조금 아프다는 느낌이 들 즈음, 갑자기 심장 뛰는 소리가 귓가에 들려온다. 두근두근 소리에 맞춰 팔이 꿈틀거린다.

　1분도 채 안되는 시간. 하지만 머릿속은 잡다한 생각들로 가득하다. 이번에도 높게 나오면 안 되는데. 맞다. 마음을 편하게 먹어야 한다고 했지. 그런데 무슨 생각을 해야 하지? 편안하게 있어야 한다는 것이 도리어 부담으로 작용했는지 심장이 훨씬 더 빨리 뛰는 느낌이다.

　공기가 빠지는 소리와 함께 팔을 짓누르던 것도 끝났다. 이내 두 개의 숫자가 계기판에 나타났다. 깊은 한숨이 절로 나온다.

　148-103. 이번에도 고혈압이다. 정상 수치를 넘어선 것이 벌써 3, 4년은 됐다. 한창 담배를 피울 때도 이 정도는 아니었는데, 경계 단계를 넘어 이제는 재검사를 받아야 한단다. 이후에도 또 고혈압이 나오면 3개월 동안 추적 검사를 해야 하고. 아, 정말 싫다.

1년 전 이맘때쯤의 이야기다. 당시 나는 재검사를 받았다. 혈압을 재기 전에 누워서 휴식을 취한 덕분에 간신히 추적 검사를 피하긴 했지만, 이제는 관리하지 않으면 안 된다는 의사 선생님의 말씀에 축 처진 모습으로 병원 문을 나섰던 것을 기억한다. 내가 고혈압이라니. 특히 이완기 혈압이 높으면 위험하다는 동료들의 말에 잔뜩 겁을 먹었다. 어쨌거나 이제부터 나는 그놈의 숫자를 낮춰야 한다.

약을 먹는 것 말고 혈압을 낮추는 방법은 두 가지다. 식이 조절과 운동. 달고 짠 음식을 줄이고, 기름기가 많은 음식보다는 채소 위주로 먹어야 한다. 그리고 열심히 유산소 운동을 하면 된다.

잘 알고 있다. 건강검진을 받을 때마다 느끼지만, 음식을 잘 가려 먹고 운동을 열심히 하면 세상에 건강하지 않은 사람은 거의 없을 거다. 문제는 그걸 알면서 하지 못한다는 것. 아는 걸 실천하는 일이 제일 어렵다.

나 역시 그랬다. 다 알고 있지만 떡볶이를 포기할 수는 없었다. 그깟 숫자 몇 개 낮추겠다고 음식을 포기하는 건 안 되겠으니 운동이라도 열심히 해야 한다. 목표를 따로 정할 필요는 없다. 건강검진 문진표에 나와 있는 질문에 자신 있게 답할 수 있을 정도면 된다.

평소 일주일간, 숨이 차게 만드는 신체활동을 며칠, 몇 시간 하십니까?

최근 일주일 동안 팔굽혀펴기, 윗몸일으키기, 아령, 역기, 철봉 등 근력 운동을 한 날은 며칠입니까?

더도 말고 덜도 말고 '일주일에 세 번 이상' '하루에 30분 이상'으로 답할 수 있는 것을 목표로 삼았다. 그리고 움직였다. 매번 지킬 수는 없지만 되도록 지키려고 노력했다. 한 달이 지나고 나니 습관이 되었고, 그렇게 1년이 지났다.

다시 똑같은 구멍에 팔을 집어넣고 떨리는 마음으로 버튼을 눌렀다. 여전히 이런저런 잡생각에 심장은 터질 듯이 뛰었다. 복권 당첨 방송을 보듯 계기판에 온 신경을 집중했다.

132 – 82. 어라, 이게 뭐지? 한번도 느껴 보지 못했던 묘한 쾌감이다. 정상 수치는 아니지만 이전과 비교하면 훨씬 좋아졌다. 고작 숫자 두 개가 바뀌었을 뿐인데 마음속 깊은 곳에서 말할 수 없는 뿌듯함이 스멀스멀 올라왔다. 거 봐. 하면 된다니까. 이놈의 숫자가 뭐라고 기분이 이렇게 좋을까. 오늘만큼은 그동안 자제했던 '단짠' 음식을 좀 먹어도 되겠지? 운동은 내일부터다.

건강하고 맛있게 살기 위해서는

　　나는 체구가 작다. 학창 시절 언제나 맨 앞줄에 서야 했고, 키순이든 이름순이든 늘 앞 번호였다. 체질 때문인지 항상 마른 체형을 유지했다. 아무리 많이 먹어도 살이 찌질 않았다. 사람들은 좋겠다고 하지만 나에겐 큰 스트레스였다. 오죽하면 결혼 전에 뵈었던 장모님이 자네는 더도 말고 덜도 말고 딱 5kg만 찌우라고 말씀하셨을까.

　　살면서 살이 쪘던 때가 딱 한 번 있었다. 입대 무렵 50kg를 간신히 넘겼던 몸무게가 100일 휴가 때는 68kg까지 불었다. 어머니는 삐쩍 말랐던 막내아들이 '시커먼 돼지'가 되어 나타나자 다른 집 자식인 줄 알았다고 했다. 물론 꽤 좋아하셨다. 금연과 금주, 규칙적인 생활을 할 수밖에 없었던 훈련소의 일과 덕분에 건강해졌지만 짬밥을 먹을수록 리듬이 깨져 다시 조금씩 살이 빠지기 시작했다. 결국 제대 후엔 원래대로 마른 몸이 되었다. 그러고 보니 내가 마른 건 순전히 관리를 못한 내 탓이다.

　　하지만 10년이 넘는 사회생활을 버텨 낸 지금의 나는 다시 살이 쪘다. 복부에 잔뜩 힘을 주면 얼핏 정상처럼 보이지만 BMI로 따진다면 나는 '비만'이다. 살이 다시 쪄 버린 데에는 여러 가지 이유가 있을 테지만 질량 보존의 법칙에 의한다면 원인은 하나뿐이다.

input 〉 output.

한마디로 들어온 게 내보낸 것보다 많기 때문이다. 회사 생활을 하면서 몸속에 집어넣은 걸 생각해 보니 그야말로 어마어마한 양이다. 거의 매일 먹다시피 한 술과 안주, 꼬박꼬박 챙겨 먹은 야식(덕분에 아내도 함께 '질량 보존'이 되었지만), 거기에다 운동 부족으로 에너지가 밖으로 나갈 일이 없다. 어마어마하게 먹어치워 생긴 열량과 에너지는 차곡차곡 쌓였고, 아웃풋보다 인풋이 많았던 관계로 몸은 조금씩 불어났다. 이제는 그만 먹어야 하는데 배가 고프면 잠이 안 온다는 핑계로 오늘밤에도 라면을 끓이고 있다.

우리는 왜 먹는 걸까? 라면 국물을 들이마시다가 문득 궁금해졌다. 지금 장난하나. 당연히 살려고 먹지. 맞다. 사람은 살기 위해 먹는다. 먹는 행위는 생존에 필수적이다. 그렇다면 우리는 안 먹어도 되는데 왜 먹을까?

지구상에 과식을 하는 존재가 얼마나 될까. 우리는 배고프지 않아도 먹는다. 어느 연예인의 말처럼 먹어 봤자 내가 알고 있는 그 맛인데도 먹는다. 배가 불러도 눈앞에 꽃등심이 지글지글 익고 있으면 먹는다. 그게 사람이다. 이쯤 되니 먹는 행위에는 생존 이외에 다른 이유가 있는 것 같다.

배가 고프면 예민해진다. 반대로 배가 부르면 여유가 생기고 느긋해진다. 음식을 섭취하는 것은 몸뿐만 아니라 분명 마음에도 영향을 끼친다. 오래전 인류는 생존을 위해 먹었지만 이제 우리는 즐거움을 얻기 위해 먹는다. 이른바 '먹기의 역설'이 생기는 이유도 여기에 있다.

먹는 것에서 즐거움을 얻으려다 보니 필요 이상으로 먹게 되고 비만이 되어 오히려 건강을 해치는 상황이 발생한다.

인간은 원래 편안함을 지향한다. 본능적으로 '게으른' 쪽으로 가려는 습성 때문에 많이 먹고 움직이지 않으려 한다. 자연스럽게 'input'이 많을 수밖에 없는 구조다.

'먹방민국'이라는 말이 나올 정도로 요즘 TV, 유튜브, SNS 등 각종 미디어에서 먹는 방송이 넘쳐난다. 이제 '먹는 것'은 가장 쉽게 접근할 수 있는 동시에 경제적인 가치를 창출할 수 있는 소재가 되었다. 여기도 먹방, 저기도 먹방이다.

먹방이 넘치는 지금의 대한민국은 어쩌면 먹는 것 말고는 특별한 즐거움을 찾기 어려운 사회라는 뜻이 아닐까. 나는 이런 현실을 나쁘게 생각하지 않는다. 다만 먹는 것이 주된 즐거움이라면 어느 때보다도 '먹는 것'을 관리해야 한다는 말을 하고 싶다. 인생은 길다. 한 번뿐인 인생이라지만 그 인생을 살아가게 해 주는 '내 몸뚱이'는 너무나도 중요하다. 그러니까 우리는 오랜 시간 동안 건강한 몸을 유지할 수 있도록 노력해야 한다.

좋은 사람과 맛있는 음식을 먹는 것은 언제나 즐거운 일이다. 이 즐거운 일을 오래도록 하기 위해서 눈앞의 식욕에만 휘둘리지는 않았으면 좋겠다. 특히 마흔 줄에 접어들면 조금씩 신체의 기능이 떨어지기 때문에 좋은 컨디션을 유지하는 게 중요하다. '질량 보존의 법칙'을 항상 염두에 두고 input과 output이 균형을 이룰 수 있도록 해 보자. 나 역시 조금 덜 먹고, 운동 좀 열심히 해야겠다. 밤마다 TV에 나오는 맛있는 것들에 더 이상 휘둘리지 말고.

내가 먼저 행복해야 한다

TV에 나오는 피로 회복제 광고를 보니 '이거 내 얘긴가?' 하는 생각이 든다.

아이가 두 돌이 되어 갈 때쯤 "아버지가 되는 것은 쉽지만 아버지로 살아간다는 것은 어렵다."라는 아로나민 골드의 광고 카피를 보고 격하게 공감했다. 한창 직장생활과 육아라는 두 개의 전쟁 속에서 고군분투하던 때였기 때문에 더더욱 마음에 와닿았다.

'그래, 어찌어찌해서 아빠가 되긴 됐지. 근데 왜 이렇게 힘든 거지?'

얼마 지나지 않아 또 다른 광고에서 비슷한 상황을 만났다. 피로 회복 음료의 끝판 대장, 박카스다. 한 남자가 아이를 목마 태우고 걸어가며 조금은 지친 표정으로 이렇게 읊조린다.

"대리가 됐을 때도 과장이 됐을 때도 이렇게까지 어깨가 무겁진 않았다. …(중략)… 인생에서 최고의 승진은 아빠가 되는 게 아닐까?"

나는 이 말에 완벽하게 동의했다.

확실히 세상이 달라졌다. 가부장적인 권위를 지키던 예전 아버지의 모습은 사라지고 가사를 분담하고 아이와 함께 많은 시간을 보내는 아빠들이 늘고 있다. 나 역시 그렇다. 더욱이 우리는 맞벌이 부부이므로 가사와 육아를 함께한다. 그래서 그런지 항상 시간에 쫓기며 산다. 퇴근 후 집에 돌아와 이것저것 정리하고 아이와 함께 몸을 부대끼며 놀아 주거나 책을 읽어 준다. 눈코 뜰 새 없이 바쁘다가 아이가 잠들고 나서야 겨우 내 시간을 가질 수 있다.

　내가 해야 할 일이라는 것을 안다. 보람도 있다. 하지만 반복되다 보니 도통 즐겁지가 않다. 왜 이런지 모르겠다. 분명 행복해야 하는데, 행복하지가 않았다. 가족을 위한답시고 했던 일들이 나를 힘들게 할 때 가장이라는 '책임'을 지우며 스스로를 괴롭혔다. 일과 가정, 육아는 어느새 부담이 되어 있었고, 즐기는 날보다 의무감에 어쩔 수 없이 하는 날이 더 많았다. 그러다 보니 아내에게 싫은 소리를 하기도 했고 놀아 달라는 아이에게 귀찮은 표정을 짓기도 했다.
　우리 가족이 행복했으면 좋겠다고 말하면서 정작 나 자신의 행복은 어디에 있는지도 모르고 살고 있었다. 나 역시 우리 가족의 구성원일 텐데, 내가 행복하지 않으면서 가족의 행복을 바란다는 모순을 저지르고 있었다. 내가 먼저 행복해야 우리 가족이 행복할 수 있다는 이 단순한 사실을 알지 못했다.
　내 아이는 이제 다섯 살이 된다. 미운 네 살이라고 불리는 시기에도 큰 탈 없이 건강하게 자라 준 아이에게 그저 고맙다. 아울러 이제는 책임과 의무 같은 무거운 것들보다는 아이를 키우지 않았더라면 볼 수 없었던 것들에 감사하며 함께 성장하고 싶다.
　내가 행복해지는 방법을 찾기 위해 제일 먼저 할 일은 내가 아빠가 되었기 때문에 행복해진 것들을 적어 보는 거다.

새벽같이 출근하며 잠든 아이의 얼굴을 보고, 회식이라도 하는 날엔 오지 않는 아빠를 기다리다 지쳐 잠든 아이를 다시 만난다. 그리고 또 다시 출근하는 하루지만 아이의 얼굴을 보며 힘을 낸다. 그래. 아빠가 되지 않았더라면 천사같이 잠든 이 모습을 절대 볼 수 없었겠지. 아빠가 되지 않았더라면 하루에 수십 번씩 누군가의 볼에 뽀뽀할 일은 아예 없었겠지. 아빠가 되지 않았더라면 왜 집에 일찍 들어가야 하는지 이해하지 못했겠지. 그리고 아빠가 되지 않았더라면 내 아버지의 사랑을 결코 짐작조차 하지 못했겠지.

내가 먼저 행복해야 한다. 박카스 광고 담당자는 분명 이런 행복에 대해 알고 있었을 거다. TV에서 보던 "나를 아끼자."라는 메인 카피가 오늘따라 조금 다른 의미로 다가오는 걸 보니 말이다.

✦ 타인의 삶

나에게는 상상일 뿐이지만 다른 누군가에겐 현실인 경우가 있다.

고시생 시절, 당당하게 합격증을 받고 많은 사람의 축하를 받는 상상을 했었다. 나름대로 열심히 준비했지만 결과는 매번 불합격이었고 결국 상상은 말 그대로 상상으로 끝났다. 하지만 그때 함께 공부하던 동기들과 선후배 몇몇은 그 상상을 현실로 이뤄 냈다. 결코 이루지 못했기에 내게는 여전히 꿈이었지만 그들에게는 현실이 되었다. 너무나도 부러웠다. 간절하게 그들의 현실이 내 것이길 바랐다.

매주 일요일 저녁, 포털사이트의 검색어 순위에는 어김없이 로또 당첨번호가 등장한다. 나 또한 매주 복권을 사며 당첨을 꿈꿔 왔다. 1등에 당첨되면 월요일 아침에 바로 휴가를 내고 서대문역 인근에 있는 농협 본점으로 향하는 상상을 하곤 했다. 당연하게도 그 상상 역시 아직까지 상상으로 남아 있고 간헐적으로 1등에 당첨되었다는 사람들의 이야기를 접하면 그저 부러웠다. 그게 나의 현실이라면 얼마나 좋을까.

어찌 이것뿐이랴. 금수저로 태어난 사람, 훤칠한 키와 잘생긴 외모를 가진 사람, 성공해서 부와 명예를 모두 움켜쥔 사람. 나는 타인이 가진 것들을 보며 내가 처한 현실과 비교하며 살았다. 남들에게 있지만 나에게는 없는 것을 찾아내 부러워했고 질투했다. 나는 늘 부족하고 불행한 사람이 되었고 숱하게 그 불행한 삶을 지금까지 이어 왔다.

○ ○ ○ ○ ○

늦은 시각 운동을 마치고 살며시 현관문을 열었다. 평소대로라면 잠들어 있어야 할 아이가 환하게 웃으며 달려와 품에 안겼다. 아내에게 물어보니 아빠가 보고 싶어 안 자고 기다리고 있었단다. 번개처럼 샤워를 마치고 아이 옆에 누웠다. 배 위에 엎드려 애교를 부리던 아들 녀석은 5분도 채 안되어 잠들어 버렸다.

기분이 좋았다. 나를 사랑하고 기다려 주는 가족이 있다는 현실이 행복했다. 이 느낌을 잊지 않고 싶어 아침에 일어나자마자 일기장에 짧은 글을 남겼다.

"빵빵해진 배 위에 아이가 안겨 잠이 들었다.
속이 더부룩했지만 너무 행복해서 꾹 참았다.
빨리 퇴근해야 할 이유가 또 생겼다.
아빠 갔다 올게."

휴대폰을 내려놓으려던 순간 누군가 남겨 놓은 공개 일기장의 제목이 유난히 눈에 들어왔다. 출근 준비도 잠시 잊은 채 열심히 읽기 시작했다. 그의 이야기는 '하늘로 간 아이에게 보내는 편지'라는 제목으로 시작했다.

불의의 사고로 아들을 먼저 보낸 나와 비슷한 연배의 한 남자. 그의 이야기를 천천히 눈에 담았다. 말로 표현할 수조차 없는 고통과 후회, 자책으로 얼룩진 그의 삶을 엿보게 되었다. 슬픔이 글자에 꾹꾹 쌓여 있었기 때문일까. 묵묵히 이야기를 담아내던 두 눈에 어느새 눈물이 맺혀 흘러내렸다. 감히 위로의 말조차 건넬 수 없었다. 그저 조용히 눈물의 흔적을 지우고 출근 준비를 시작했다.

○ ○ ○ ○ ○

아이 덕분에 행복했던 어제와 오늘. 나에겐 그저 평범한 일상이었지만 누군가에게는 목숨을 주고서라도 가질 수 없는 꿈일지도 모른다. 행정고시에 합격한 후배, 로또 1등 당첨자의 현실이 나에게는 그저 상상이듯 나의 현실 역시 누군가에게는 상상일 수도 있다. 아니, 어쩌면 아무리 노력해도 가질 수 없고 절대로 이룰 수 없는 꿈일지도 모른다.

순간 마음이 착 가라앉았다. 이런 표현이 맞을지는 모르겠지만 갑자기 겸손해졌다. 매일매일 다른 사람과 나를 비교하며 부러워하던 내 자신이 얼마나 교만했는지 조금씩 느껴졌다. 나는 지금 충분히 행복한 사람인데 왜 그걸 모르고 있었을까. 그렇게도 열심히 스스로의 행복을 깎아내리며 살았던 이유는 무엇이었을까.

타인의 삶을 부러워한 적이 있는가. 내가 그렇게도 부러워했던 타인의 모습을 뒤집어 보면 지금 나의 현실을 간절하게 원하고 부러워하는 사람들이 보인다. 나에겐 사소한 것이라도, 아무리 당연하더라도 다른 누군가에겐 목숨보다 소중할 수도 있다. 이렇게 받아들인다면, 아니 이렇게 생각해 볼 수만 있다면 지금 내가 가진 것들에 충분히 감사하며 살 수 있지 않을까. 사족이겠지만 매일 아침 하늘로 편지를 보내는 그의 하루에 기쁨과 즐거움이 다시 싹트길 진심으로 희망한다. 먼 훗날 하늘나라에서 다시 아들과 만나 환하게 웃을 수 있도록.

보이는 규칙과 보이지 않는 규칙

"연습하는데 자꾸 공을 이렇게 주시면 어떻게 해요?"

한 아주머니의 짜증 섞인 외침이 유난히도 크게 울린다. 탁구장에 모인 회원들 모두 운동을 멈추고 그쪽을 바라봤다. 소리를 지른 분은 동호회 부회장님. 같이 연습하던 할아버지 회원에게 참다 참다 한마디를 하셨나 보다.

"내가 정말 못 살아. 어르신 매일 혼자 앉아만 계셔서 같이 좀 쳐 드리려고 했더니, 하고 싶은 대로만 치시고 공도 안 주우시고. 그러면 누가 같이 치고 싶겠어요?"

별다른 대꾸는 없었지만 어르신도 한참 어린 사람에게 싫은 소리를 들어 기분이 안 좋았는지 아니면 다른 회원들 보기 부끄러웠는지 주섬 주섬 짐을 챙겨 구장 밖으로 나가 버렸다. 왠지 그가 다시는 여기에 오지 않을 것 같다는 생각이 스친다.

탁구를 배우지 않은 사람들은 작은 공 하나를 주고받는 데도 예절이 필요하다는 사실을 잘 모른다. 상대와 네트를 두고 마주하면 먼저 정중하게 인사를 하고 받기 좋은 쪽으로 공을 보내며 연습을 시작한다. 공이 떨어져 밖으로 나가면 가까이에 있는 사람이 주우러 가되, 상

마흔에는 잘될 거예요

대도 공이 떨어진 쪽으로 따라가 준다. 연습할 때는 힘과 방향을 일정하게 해야 하며 자랑한답시고 강하게 치거나 마구잡이로 보내면 안 된다.

사실 이런 것들을 지키지 않는다고 해서 탁구 자체를 못 하게 되는 건 아니다. 그렇지만 '경기를 위한 규칙'과는 별개로 기본적으로 지켜야 하는 또 다른 규칙이 있다. 바로 상대에 대한 존중과 배려다. 탁구는 혼자 할 수 없다. 함께 운동하기 위해서는 나와 공을 주고받는 사람을 위한 '두 번째 규칙'을 지켜야 한다. 아무리 실력이 뛰어난 사람이라도 이런 스포츠맨십을 갖추지 않는다면 누구도 그와 함께 탁구를 치고 싶어 하지 않는다. 게임은커녕 라켓을 들고 마주하고 싶지도 않다.

○ ○ ○ ○ ○

경기의 승패 외에도 스포츠맨십이나 페어플레이는 중요하다. 지난 러시아 월드컵에서 일본대표팀은 조별리그 마지막 경기에서 지고 있음에도 불구하고 30분 동안 볼을 돌리는 어처구니없는 상황을 연출했다. 16강 진출을 위한 어쩔 수 없는 선택이었다는 일본의 인터뷰에 전 세계 축구 팬들은 더욱 거세게 비난했다.

분명 그들은 경기의 규칙을 준수했다. 승패와 순위를 정하고 경기를 운영하기 위한 규칙은 지켰지만 겉으로 드러나지 않은 두 번째 규칙은 지키지 못했다. 결과적으로 일본대표팀은 16강에 올라갔지만 과연 그럴 자격이 있는가에 대한 논란은 끊이지 않았다.

스포츠에는 '보이는 규칙'과 '보이지 않는 규칙'이 있다. 모든 규정을 준수하고 이겼다고 해도 페어플레이가 아니었다면 그것을 의미 있다고 평가하지 않는다.

우리가 살아가는 인생과 세상도 마찬가지다. 삶에도 '보이는' 규칙과 '보이지 않는' 규칙이 있다. 눈에 보이는 규칙은 우리가 반드시 지켜야 할 법규들과 도덕적인 원칙이고, 보이지 않는 규칙은 타인에 대한 기본적인 에티켓, 배려와 사랑, 헌신, 희생이다.

하지만 우리는 보이는 규칙만 준수하면 된다고 여기면서 산다. 보이지 않는 규칙을 지키지 않아도 살아가는 데 지장이 없을 거라고 생각하기 때문이다. 보이지 않는 게임의 법칙을 등한시하기 때문에 이기적으로 살고, 경쟁하고 밀어내며 여러 가지 말과 행동으로 타인에게 상처를 준다.

사람들과 좋은 관계를 이루며 살아가고 싶다면 두 가지 게임의 법칙을 모두 지켜야 한다. 특히 잊어버리기 쉬운 두 번째 규칙을 지키려고 노력할 때 우리는 타인과 긍정적인 연결을 만들고 조금 더 좋은 방향으로 삶을 발전시킬 수 있다.

○ ○ ○ ○ ○

'인생'이라는 경기에 임하고 있는 나는 과연 어떤 선수일까. 나는 두 가지 규칙을 모두 지키면서 살고 있는가? 혹시 나도 눈에 보이는 것들만 지키면 된다고 생각하는 사람이 아니었을까? 보이지 않는 규칙은 미루어 놓은 채 스스로가 뛰어나다고 착각하면서 인생의 페어플레이를 외면하고 있던 사람. 오로지 좋은 결과만을 바라며 지켜야 할 다른 많은 것들을 놓치고 달려왔던 것은 아니었을까.

바쁜 일정을 끝내고 오랜만에 탁구를 치러 갔더니 회원 두 분이 열심히 연습하고 있다. '똑- 딱, 똑- 딱.' 규칙적인 소리가 난다. 라켓에 맞아 날아가는 공의 높이와 궤적이 일정하다. 돌아오는 공도 마찬가지다. 두 사람의 동작에도 변함이 없다. 얼굴에 적절하게 섞여 있는 땀과 따뜻한 미소. 두 가지 규칙을 잘 지켜 가며 공을 주고받고 있는 두 사람. 좁은 탁구장은 경쾌한 소리로 가득 채워져 있었고 새하얀 작은 공은 쉴 틈 없이 움직이고 있었다.

겉보기 등급을 갖고 있으세요?

요즘 아들 녀석은 도형 그리기에 빠져 있다. 시도 때도 없이 그려 달라고 하는 통에 제대로 쉬지도 못하지만, 지금 아니면 볼 수 없는 예쁜 모습을 조금이라도 더 담아 두려 최선을 다해 함께하는 중이다.

그림의 단계는 이렇다. 삼각형을 그려 달라고 하면 종이 위에 점 세 개를 찍어 준다. 그리고 선을 이어 삼각형을 그린다. 사각형은 점 네 개. 이런 식으로 점이 하나씩 늘어난다.

하지만 팔각형을 그려 준 다음부터 문제가 생겼다. 아이가 계속해서 구각형, 십각형 등 더 많은 도형을 그려 달라고 하는데 그 이상은 그리기도 어렵고 몇 번 반복하니 귀찮아져 아이에게 거짓말을 하고 말았다.

"아들. 팔각형 넘어가면 그냥 동그라미야. 다 똑같으니까 더 안 그려도 돼. 알았지?"

선이 많아질수록 대충 원이랑 비슷해지니 이런 식으로 얘기를 한 것뿐이다. 그런데 며칠이 지나고 무슨 일이 있었는지 어린이집에서 돌아온 아들 녀석이 의아한 듯 내게 물었다.

"아빠, 그럼 정십각형은 원이야?"

"아니. 원은 아닌데 원이랑 비슷하게 생겼어."

"저번에는 원이라며. 아니야? 그럼, 정이십각형은 원이야?"

"아니. 원은 아닌데 원이랑 좀 더 비슷하게 생겼지."

"그럼, 정백각형은?"

"에이, 정백각형은 거의 원이지, 원. 근데 원은 아니고 원이랑 비슷한 거야. 아, 이걸 어떻게 설명해야 하지? 그나저나 우리 아들 엄청 똑똑하네."

아들과의 대화는 대충 이런 칭찬으로 마무리됐지만 귀찮다고 좀 더 설명하지 않았던 게 내심 마음에 걸렸다.

아이가 내게 그려 달라고 했던 정십각형은 분명 원이 아니다. 하지만 모양이 좀 동그랗다는 이유로 원이라고 말해 버렸다. 비슷하다는 이유로 똑같은 성질을 가지고 있을 거라 단정 지은 것이다. 엄밀히 말해 그 도형들은 각각 다른 형태와 특징을 가진 완전히 다른 존재들인데 말이다.

미꾸라지와 미꾸리의 차이를 아는 사람은 많지 않다. 생김새도 닮았고 심지어 이름까지 비슷하다. 그래서 사람들은 미꾸리가 미꾸라지의 사투리라고 생각하기도 한다. 하지만 이 둘은 종(種)이 다르다. 한마디로 미꾸라지는 그저 미꾸라지고 미꾸리는 그저 미꾸리다. 마찬가지로 정백각형은 원이 아니라 정백각형이다. 나는 수학을 잘하는 사람이 아니지만 아무리 많은 선을 이어 붙인다 한들 완벽한 원을 만들 수 없다는 것쯤은 알고 있다. 그리고 원처럼 보이는 수많은 것들도 사실 무수히 많은 점과 선을 연결한 도형이라는 사실도. 멀리서 보면 원과 비슷하지만 가까이서 보면 십각형일 수도, 백각형일 수도 있다.

아이에게 제대로 설명하지 못했다는 것보다 부끄러웠던 것은 내가 다른 사람을 보아 왔던 시각도 이와 크게 다르지 않았다는 점이었다. 내가 만났던 사람과의 관계에서도 이런 실수를 수도 없이 되풀이했다. 외모와 나이, 하는 일, 다른 이들이 말해 준 얘기들을 가지고 내가 정해 놓은 프레임 속에 그들을 집어넣고 평가했다. 그들의 진정한 모습은 알지도 못하면서 수박의 겉만 열심히 핥고 있었다. 그러면서 나는 그들과 좋은 관계가 되길 바랐다. 진심이 가득한 소통과 연결을 원했다.

사람을 아는 것은 참 어렵다. 어쩌면 안다는 것 자체가 불가능한 일일 수도 있다. 아마 평생을 함께한다 해도 그의 머릿속 일부조차 들여다보지 못할 것이다. 이렇게 어려운 게 사람이라면 최소한 '겉보기 등급'을 가지고 판단하는 일은 없어야 하지 않을까. 대충 보기엔 원 같아도 사실은 수백 개의 점과 선을 가진 멋진 도형일 수도 있으니 말이다.

지금까지 겉으로 보이는 것에 집착하며 살았다면 앞으로는 그 껍데기 속에 숨겨진 것을 볼 수 있도록 노력해야겠다. 만나는 사람들을 내 멋대로 재단하지 말아야 한다. 판단의 기준 자체를 없애 버린다면 이들을 비교와 시샘, 질투와 경쟁의 대상이 아니라 그저 같은 세상을 살아가고 있는 사람으로 대할 수 있지 않을까. 원이 아닌, 아이가 말했던 정백각형으로 말이다.

✦ 그건 네 사정이고

　　새해 첫 날, 아내가 출근한 관계로 혼자 아이를 보고 있었다. 뭘 할까 고민하던 사이 아버지께 전화가 왔다. 신정이라 서울에 올라왔으니 형님 가족들과 같이 점심을 먹자고 하셨다. 형님 집 근처의 자주 가던 식당으로 오라는 말씀에 서둘러 길을 나섰다.

　　정체가 심해 예상보다 조금 늦게 도착했다. 서둘러 주차장에 차를 대고 식당으로 들어갔는데 이상하게도 우리 식구가 아무도 안 보였다. 부랴부랴 어머니께 전화를 드렸다.

　　"맞다. 미안하다. 우리 지금 다른 곳으로 왔어. ○○식당. 전화한다는 걸 깜빡했다. 여하튼 얼른 이쪽으로 와."

　　미리 연락 좀 해 주시지. 다시 아이를 데리고 주차장으로 향했다. 들어온 지 1분 정도 되었을까. 작은 건물의 주차장이라 그냥 나가도 되겠지 하는 마음에 주차관리를 하는 아저씨에게 이렇게 말씀을 드렸다.

　　"선생님. 죄송합니다. 제가 식당을 잘못 찾아왔습니다. 바로 차 돌려서 나가겠습니다."

　　"무슨 소리야? 기다려. 돌려서 나가더라도 돈 내고 가야 해."

　　"네? 방금 들어왔는데 무슨 말씀이세요?"

　　"아 글쎄 기다려. 요금 나오는지 봐야 해. 이것 봐. 천 원 나왔잖아."

평소 같았으면 그냥 드리고 나왔을 텐데 수중에 현금도 없었고, 새해 첫날부터 이것저것 꼬이는 상황에 짜증이 났다. 무엇보다 관리인 아저씨의 태도가 너무나도 무례했다. 반말은 그렇다 치고, 말을 저리 기분 나쁘게 하다니.

"아니, 잘못 들어왔다고 했잖아요. 차 돌려서 바로 나가겠다는데도 돈을 내라뇨. 이런 경우가 어디 있습니까?"

"그건 당신 사정이고. 돈이 나왔으니까 내고 가야지."

실랑이 끝에 결국 식당 사장님이 주차 할인권을 주는 것으로 사태는 마무리됐다. 정신없는 아빠 손에 이끌려 식당과 주차장을 왔다 갔다 한 아이에게도 미안했고, 그럴 수밖에 없게 만들었던 건물의 주차 시스템과 불친절한 관리인이 한없이 야속했다. 새해 벽두부터 얼굴 붉히는 일이 생겨 마음이 불편했다.

가족들을 만나 식사를 하면서 불쾌했던 감정은 조금씩 사그라졌지만 관리인 아저씨가 나에게 했던 그 말은 계속해서 머릿속을 맴돌았다. '그건 당신 사정이고.'

○ ○ ○ ○ ○

따지고 보니 아저씨가 한 말이 맞다. 식당을 잘못 찾아간 것도 그쪽 건물에 들어가 주차를 한 것도 내 사정이다. 금방 나가니까 주차 요금을 안 내도 될 것이라는 것도 내 판단이었다. '내가 지금 이런 상황이니 당신이 나를 이해해야 합니다.'라고 은연중에 생각했던 것일까?

건물의 주차 시스템에 입차 기록이 있으니 관리인 아저씨는 그 천

원을 받아야만 했을 것이다. 내 사정은 너그럽게 봐주길 바랐으면서 왜 타인의 입장은 전혀 생각하려 하지 않았을까.

잊을 만하면 튀어나오는 '갑질 사건'들을 보면서 어떻게 사람이 저런 행동을 할 수 있을까 개탄했던 적이 있다. 처음부터 끝까지 자기중심적인 사람들, 나 말고는 모두 잘못되었다는 인식. 입장을 바꿔 보니 나역시도 크게 다를 바 없는 사람이었다.

마음속 깊은 곳에 있던 자기중심적인 사고와 이기적인 생각. 나에게 이런 모습이 있다는 것을 항상 의식하고 옳지 않은 것들을 떨쳐 내기위해 끊임없이 노력해야 한다. 그렇지 않으면 나도 언제든지 '꼰대'가될 수 있다.

해가 바뀌면서 올해 이루고 싶은 목표들을 다이어리에 몇 개 적어놓았었는데 그 아래에 한 가지를 더 적었다. 이건 보너스 목표라고나할까. 내 것만큼은 못하더라도 남들의 이야기에 조금 더 정성스레 귀를 기울여 보자. 내가 소중한 만큼 타인도 소중하다는 걸 잊지 말자. 올해 처음으로 하는 자신과의 소박한 약속이다.

✦ 은퇴는 없다

"너는 은퇴하면 뭐 하고 싶니?"

친구 녀석의 메시지다. 갑자기 웬 은퇴?

"뭐 벌써 그런 걸 생각해? 아직 한창이잖아."

심드렁한 내 대답에 친구는 나름대로 심각해 보이는 이모티콘을 보냈다.

"너희 회사는 그래도 안정적이니까 별로 걱정을 안 하나 본데, 다른데는 장난이 아니야. 특히 우리 같은 광고업계에서 마흔이면 조만간끝이 보이는 나이가 된 거라고."

"헐, 그러냐?"

"그래. 내 위에 선배가 올해 마흔 넷인데, 퇴직하고 뭘 할지 고민한다고 머리가 다 빠졌더라."

"아이고, 어떡하나."

대화는 이쯤에서 끝났다. 바쁜 일이 생겼는지 친구에게 더는 답장이오지 않았다.

은퇴? 마흔'밖에' 안된 나이에 은퇴를 생각해야 한다니. '회사 들어오는 데 순서는 있어도 나가는 데에는 없다.'라며 우스갯소리를 주고받던 게 누군가에겐 정말 웃을 일이 아니었나 보다.

'은퇴'는 슬픈 단어다. 많은 것을 생각하게 한다. 은퇴는 그만두는 것, 포기, 노년, 죽음과 같은 부정적인 단어들을 데리고 다닌다. 사전적 의미도 비슷하다. 직임에서 물러나 사회 활동에서 손을 떼고 한가히 지내거나, 생산 활동은 중지했지만 지속해서 소비하는 삶의 형태. 하는 것 없이 돈만 축내는 부정적인 느낌이다.

○ ○ ○ ○ ○

많은 사람들이 은퇴 후의 삶을 '노후'라고 부른다. 정년을 대략 55~60세쯤이라 한다면, 그 이후는 노년의 삶이라고 판단하는 것이다. 이건 내가 정한 게 아니다. 사회가 정해 놓은 것인데 우리의 생각이 제도의 기준을 따라가고 있다. 게다가 은퇴하면 정말 노인이 되는 것인지도 모르겠다.

퇴직 이후 나의 삶은 어떻게 될까. 아침에 일어나 잠자리에 들기까지 무엇을 하며 어떤 모습으로 하루를 보내게 될까. 가끔 신문에 나오는 어르신들의 이야기처럼 지하철을 타고 종로에 가게 될까. 아니면 그때도 어떤 역할을 하고 있을까. 그렇게 되려면 어떻게 해야 할까.

"퇴직하면 할 게 뭐 있겠나? 애들 결혼하면 시골에 내려가서 상추나 좀 심고 그렇게 살다가 가는 거지."

얼마 전에 들었던 이야기다. 많은 이들이 퇴직 후에는 자신이 할 일을 다 했다고, 은퇴 이후의 삶은 거저 얻은 삶이니 그저 하루하루 보내면 된다고 생각한다. 하지만 그렇지 않다. 퇴직을 하고 노년이 되었으니 나의 역할이 끝났다 생각할 정도로 인생은 짧지 않다. 95세가 되어서야 퇴직 후 아무것도 하지 않은 자신의 삶을 후회한다고 고백한 어느 노인의 이야기처럼 말이다.

누군가 말했다. 사람은 늙는 것이 아니라 늙은 생각을 할 뿐이라고. 퇴직 전후로 인생을 구분하지 말고, 노후를 맞이한다고 생각하지 말고, 그저 다가올 미래를 준비한다고 생각하면 어떨까. 그리고 지금부터 내가 해야 할 일은 시간이 흘러도 나만이 할 수 있는 역할을 찾기 위해 준비하는 것이다.

결심했다. 오늘부터 노후 준비를 하지 않기로. 그 대신 10년 후의 삶을 준비해 보려고 한다. 조금 더 가까워진 그때의 내 모습을 상상하면서 작은 목표들을 하나씩 적었다. 부동산 자격증 따기, 포토샵 배우기, 과음하지 않기, 화내지 말기 그리고 몇 개 더. 이제부터라도 부단히 움직여 보련다. 50세가 되면 건강한 몸과 마음으로 다시 예순의 인생을 계획하겠다. 이런 식으로 계속. 마지막이 언제일지는 모르겠지만 말이다.

돈 백 원에 마음이 요동치지 않으려면

볼일이 있어 택시를 탔다. 한참을 가다 보니 맙소사. 사무실에 지갑을 두고 왔다. 그나마 다행인 것은 주머니 속에 현금 5천 원이 있다는 것. 잠시 고민하다가 충분히 갈 수 있겠다는 생각에 뒷좌석에 몸을 기댔다.

시간이 흐를수록 허리가 구부정해지더니 어느새 두 눈은 앞쪽의 숫자를 향한다. 미터기의 요금이 올라가는 속도가 택시보다 훨씬 빠르다. 금액에 맞춰 내려야 할 타이밍을 고민하고 있는 내 모습이 애처롭다.

드디어 5천 원이 됐다. 곧바로 기사님께 말했다.

"요기 앞에서 세워 주세요."

정차할 곳이 마땅치 않아 조금 더 앞으로 가다 섰는데, 기사님이 미터기 정지 버튼을 누르려던 찰나 요금이 휙 하고 올라가더니 5,100원이 되어 버렸다. 기사님께 사정을 얘기하고 택시비를 결제했지만 겨우 돈 100원 때문에 마음이 요동친 것을 생각하니 씁쓸하기만 하다.

나는 참 돈을 못 쓰는 사람이다. 큰돈보다 적은 돈에 마음이 왔다 갔다 한다. 몇 억짜리 집을 구하는 데 쓰는 돈보다 얼마 안 되는 중개수수료나 중간관리비가 훨씬 아깝고, 가전제품의 가격보다는 얼마를 할

인해 주는지가 더 중요하다. 마트에 가면 3천 원짜리 할인 쿠폰을 받기 위해 별 필요 없는 물건으로 5만 원을 채운다. '경제적 합리성'이라고는 전혀 찾아볼 수 없다.

버는 것보다 잘 쓰는 게 중요하다는 말, 우리 같은 직장인들에게 정말 필요한 말이다. 단시간 내에 수입이 늘어날 가능성은 별로 없으니, 주어진 월급을 가지고 합리적으로 소비하는 방법을 찾아야 한다는 의미다. 특히 장기적으로 진행되는 가정 경제의 안정을 위해서 합리적인 소비 계획과 원칙은 반드시 필요하다.

○ ○ ○ ○ ○

돈을 잘 쓰는 방법은 무엇일까. 무작정 덜 쓰고 모으는 것일까? 돈을 모으겠다고 지지리 궁상이 되고 싶지는 않다. 외식비를 줄이겠다고 집에서 밥만 해 먹을 수 없고, 여행 갈 돈을 아끼겠다고 방구석에만 틀어박혀 있을 수도 없다. 소비를 줄이려다가 삶의 질까지 빠르게 줄어들까 두렵다.

그렇다면 합리적인 소비란 무엇일까. 소비 시 따라오는 부정적인 것들은 최소화시키면서 삶의 질을 올려줄 수 있도록 돈을 쓰는 게 아닐까? 우리가 쓰는 돈 중에는 분명 행복지수에 그다지 영향을 끼치지 않는 것들이 있다. 그것들을 찾아 먼저 없애야 한다.

시발비용. 순간적인 기분 전환을 위한 소비를 말한다. 스트레스를 받을수록 지출이 증가한다는 연구 결과처럼, 소비를 통해서 보상을 받으려는 심리다. 이처럼 오로지 나의 만족감을 위해 홧김에 쓰는 돈은 합리적인 소비라고 할 수 없다.

회사에서 스트레스를 받은 날이면 항상 과음을 하곤 했었다. 다음 날 정신을 차리고 결제 내역을 확인하며 느꼈던 아찔함이 아직도 생생하다. 이런 소비는 행복과 전혀 관련이 없다. 잘못된 보상심리에 속은 것이다.

기존의 지출 중에서도 대체할 수 있는 게 있는지도 찾아보자. 외식 대신 아이와 함께 요리를 해 본다거나, 새 제품 대신 중고/대여 물품을 활용하는 방안도 있다. 인터넷 쇼핑을 할 때에도 필요한 물건을 바로 주문하지 않고 일단 장바구니에 넣어 두었다가 며칠이 지난 후에 구매를 결정하는 것도 좋은 방법이다.

○ ○ ○ ○ ○

'돈 못 쓰는 놈'인 나에게 합리적인 소비는 여전히 어려운 숙제다. 우리는 분명 행복하기 위해 돈을 쓰지만, 순간적인 충동과 판단 미스로 잘못된 소비를 하기도 한다. 그렇기 때문에 돈을 '잘 쓰는' 것은 매우 중요한 일이다.

각자 처한 상황과 경제적 여건은 다르겠지만, 소비 자체가 행복이 될 수 없다는 간단한 사실 하나만 기억하자. 삶의 행복지수에 해를 끼치지 않는 범위 내에서 합리적으로 소비할 수 있는 각자의 원칙과 방법을 만들어 보는 거다.

돈에 부여해야 하는 가치의 정도

　　인천에 사는 89세 할아버지는 건물을 몇 채나 가지고 있는 100억 원대 자산가다. 한 달에 받는 임대 수익만 해도 웬만한 회사원의 연봉 수준. 할아버지는 손자에게 건물 관리를 맡겼었는데 손자가 호화스러운 생활을 이어 가자 혹시나 해서 통장을 살펴보았더니 잔액은 천만 원뿐이었다. 더욱이 충격적이었던 건 손자가 할아버지의 인감도장을 훔쳐 건물의 절반을 본인에게 증여해 버린 것이다. 이야기의 진실과 결론은 드러나지 않았지만 너무도 화가 나고 안타까운 사연이었다.

　　"어차피 조금만 더 있으면 죽고 다 주고 갈 텐데. 내가 손자를 예뻐할 줄만 알았지, 인성교육을 제대로 못 시킨 것 같아. 내 잘못이지. 다 내 잘못이야."

　　할아버지는 이 말을 하며 하염없이 눈물을 흘렸다.

　　도대체 돈이 뭐기에 이렇게 말도 안 되는 일이 생기는 것일까. 이웃보다도 못한 게 가족이라더니. 남이면 처벌이라도 할 수 있으련만, 가족 간의 금전거래는 '친족상도례' 때문에 죄가 되지 않는단다. 이상한 노릇이다.

누군가가 얘기했다. 돈은 때때로 칼보다 잔인하다고. 피로 맺어진 가족도 사정없이 찢어 놓는 게 돈이다. 아무리 가까운 사이라도 '돈 문제'가 생기면 이전과는 관계가 달라져 버린다. 철천지원수가 되기도 하고, 아무 말도 없이 관계가 끊어지기도 한다. 경중(輕重)이야 있겠지만, 주변에서 흔히 볼 수 있는 모습들이다.

내가 100억 원대의 자산가가 될 리는 없겠지만, 이 이야기는 돈과 다른 요소와의 관계 설정을 어떻게 해야 하는지 생각해 보는 계기가 되었다. 살면서 돈이 중요하다는 걸 결코 부정할 수는 없지만, 인생에서 필요한 다른 가치들과 균형을 지킬 수 있을 정도로만 여길 수 있을까? 눈앞에서 큰돈이 왔다 갔다 하고 있을 때 과연 내 가치관이나 다른 소중한 가치를 훼손시키지 않고 무사히 지켜 낼 수 있을까? 단번에 그렇다고 말할 자신이 없다.

바야흐로 돈이 최고인 세상이다. 자본을 중심으로 돌아가는 이놈의 세상에서, 어쩌면 돈은 다른 어떤 것들보다도 강한 힘을 가지고 있을지도 모른다. 하지만 인생에서 돈의 비중이 커질수록 삶의 균형이 어그러질 가능성이 높다. 마음속에서 돈의 가치가 다른 것들에 비해 월등하게 강하거나 혹은 인생의 최우선순위가 되어 버린다면, 어떤 식으로든 다른 가치가 파괴될 수 있다. 100억이 넘는 재산을 가지고도 자신을 세상에서 가장 불행한 사람이라고 표현했던 할아버지는 돈보다 더 중요한 게 무엇인지를 분명히 알고 있었다.

돈에 대해서는 나를 해치지 않고 다른 가치를 해치지 않을 만큼만 가치를 부여해야 한다. 돈은 그 정도로만 사랑해도 괜찮다. 대신 돈 말고 다른 가치들이 동등한 지위를 누릴 수 있도록 노력해야 한다. 할아버지마저 외면해 버린 손자는 돈이 많아도 행복하지 않은 사람이다. 앞으로 그가 어떤 인생을 살아갈지 모르겠지만, 나는 그런 사람이 되지는 않을 것이다. 물론 그렇다고 돈이 없어서 불행해지기까지 하면 안 되지만 말이다.

✦ 배움에는 기다림이 필요하다

"차가워!"

아들 녀석이 놀라 소리친다. 샤워를 시키던 중 머리를 감기려고 잠시 물을 껐는데, 거품을 내 문지르고 다시 물을 틀었더니 차가운 물이 나와 버렸다. 1분도 안 되는 짧은 시간이었는데 조금 전까지만 해도 잘 나오던 온수가 왜 안 나오는 걸까.

시간이 조금 지나자 그제야 물이 따뜻해진다. 억울하게도 그날부터 아이가 감기에 걸려 며칠 동안 소아과 신세를 졌다. 잠깐이었지만 물이 다시 차가워질 수 있다는 걸 간과한 내 잘못이니 할 말은 없었다. 조금 시간을 가지고 기다렸다가 따뜻해진 것을 확인했어야 하는데.

그러고 보니 목욕물뿐만 아니라 살면서 기다려야 하는 것들이 참 많다. 음식을 먹을 때, 지하철을 탈 때, 여행을 떠나려는 주말 일정까지도. 그 시간은 짧기도 길기도 하겠지만 어쨌든 내가 무언가를 하고자 할 때 '참고 기다리는' 시간은 반드시 필요한 것 같다.

특히 배움에 있어 기다림은 필수다. 영어를 배우든 새로운 스포츠를 접하든 악기를 연주하든 간에 어느 정도 수준이 되려면 반드시 노력과 시간이 수반되어야 한다. 노력 없이 되는 것도 단번에 잘할 수 있게 되는 것도 없다. 꾸준히 노력하면서 견뎌 내면 조금씩 익숙해지고 결국 잘할 수 있게 된다.

나에게는 해당 사항이 없지만 주변에 외국어를 잘하는 친구들에게 물어보면 하나같이 이런 얘기를 한다. 원래부터 잘하는 사람이 어디 있겠냐고. 처음엔 난장판인데 계속하다 보니까 어느 순간 '탁' 트이게 된다고. 꾸준히 하다 보면 언젠가는 성과가 나타나는 게 당연한 것인데 나는 그걸 믿지 못했다. 노력은 조금 해 놓고 원하는 만큼 실력이 올라오지 않으면 참고 기다리는 것보다 포기하는 것을 택했다. 나는 그다지 인내심이 많은 사람이 아니었다.

'하고 싶다, 해 보자, 안 되겠다, 포기하자.'

이 과정을 수도 없이 반복했다. 그리고 이렇게 살다 보니 나이만 먹었지 내 삶은 예전 그대로였다. 아무것도 하지 않으니 아무 일도 일어나지 않는다는 걸 깨달았을 때 정신이 번쩍 들었다. 삼십 대의 끝자락에서 예전과 다를 바 없이 살아가고 있는 이 현실을 바꾸고 싶었다. 지금보다 더 나은 삶을 살고 싶었다.

그때부터 무작정 노력하기 시작했다. 자기계발에 미친 사람처럼 닥치는 대로 책을 사서 읽었다. 동기 부여와 변화와 관련된 강의를 무수히 듣고 다녔다. 행복한 삶을 살기 위해 어떻게 해야 할지 배우고 고민했지만 정작 나는 변하지 못했다. 책을 읽고 강연도 듣고 하라는 대로 하면 다 될 줄 알았는데 그게 아니었다. 《5초의 법칙》을 읽고 실행력을 올려 보고, 새벽에 일어나 하루를 계획하는 일도 해 보았지만 그다지 바뀌는 게 없었다. 왜 그랬을까. 가만 생각해 보니 나에게도 기다릴 시간이 필요했던 것이었다.

어느 날 강연에서 얼핏 들었던 내용이 떠올랐다. 500원짜리 커피를 뽑아 먹을 때 400원을 넣는다고 해서 400원어치의 커피가 나오지 않는 것처럼 우리의 노력에도 '임계점'이 있다는 것이다. 그리고 그곳에 도달하기 위해 필요한 것은 포기하지 않는 힘, 기다릴 줄 아는 용기다.

대나무 씨앗을 심으면 첫 4년 동안은 죽순만 하나씩 돋아나다가 5년째가 되어서야 쑥쑥 올라온다고 한다. 대나무의 4년은 그저 흘러가는 시간이 아니라 기다림의 시간이며 자신을 다지는 시간이다.

방법을 모른 채 이리저리 동분서주하다 결국 제자리로 돌아와 보니 나에게 필요한 것은 의외로 가까이에 있었다. 아직 내 인생의 임계점이 어디쯤인지 보이지는 않지만 어쨌든 그곳으로 조금씩 가고 있다는 것만은 확실하니 이대로 좀 더 버텨 보려고 한다. 꾸준히 하다 보면 되겠지 하는 생각으로 말이다.

눈에 보이는 성과가 미미하다고 실망하지 않았으면 좋겠다. 그 시간은 분명 기다림과 준비의 시간일 테니까.

실패의 가능성을 줄이려면

　　초등학교 4학년인 조카 녀석이 갑자기 물고기를 키우고 싶단다. 작년에는 햄스터를 키운다고 온 집안이 똥냄새로 가득했었는데. 그에 비한다면 물고기는 괜찮은 건가? 문제는 조카네 집과 우리 집을 통틀어 물고기를 키워 본 사람이 한 명도 없다는 거다. 인터넷을 뒤져 물고기를 키우는 방법이 정리된 포스트의 링크를 전송해 줬다. 거기에는 여과기가 딸린 어항 고르는 법, 어종에 따른 수초와 돌 채우기, 수질과 온도를 관리하는 방법 같은 기본적인 내용들이 담겨 있었다. 하지만 그걸 봤는지 어쨌는지 아무런 반응이 없다. 마침 주말이라 외출하는 김에 조카도 함께 차에 태워 근처 수족관 숍에 방문했다. 다양한 어종도 구경하고 일하는 분들께 귀동냥으로 물고기를 키우는 방법에 대해서도 듣게 됐다. 이미 우리 같은 초보 손님들을 많이 겪어 보셨는지 사장님은 이것저것 물어보는 우리를 향해 심드렁한 표정으로 말했다.

　　"힘들게 오셨겠지만 오늘 물고기 분양은 못 해 드려요. 하신다고 하면 오늘은 어항만 구입하시고 일주일 후에 다시 오셔야 해요. 물고기들이 살 수 있는 환경을 먼저 만들어 놓아야 하거든요."

　　인터넷에 적혀 있던 것처럼 할 게 많았다. 하지만 조카는 당장이라도 예쁜 물고기를 데려다가 집에서 키우고 싶은 마음이다. 결국 수족관 숍에서 전문적으로 분양하는 건 가격도 비싸고 해야 할 것도 많아서 포기했다. 처형 역시 시골에 계시는 장모님 얘기를 하며 우회적으로 불평을 했다.

"엄마 집에선 그냥 그릇 같은 어항에 돌 몇 개 집어넣고 금붕어도 잘만 키우는데, 뭐가 이렇게 할 게 많대? 마트에만 가도 물고기 엄청 파는데 그냥 거기서 사다 키우면 되는 거 아닌가?"

결국 조카는 아빠의 손을 잡고 신나게 마트로 가더니 작은 구피 여섯 마리를 데리고 왔다. 그리고 어항에 물을 받아 여과기와 수초 등을 설치하고 물고기들을 풀어놓았다. 그로부터 3일쯤 지났을까. 급작스런 부고 소식을 접했다. 입양해 온 구피 친구들이 전원 사망했다는 이야기였다. 조카는 대성통곡을 하며 아이들을 보내 줬단다. 엄마가 자기 몰래 찬물을 집어넣은 거 아니냐는 의심 어린 한탄과 함께였다. 눈물 없이 들을 수 없는 슬픈 이야기였다.

슬픔과는 별개로 꼭 짚고 넘어가야 할 것이 있다. 구피 친구들이 저 세상으로 가 버린 표면적인 이유는 여러 가지겠지만 종합적으로 볼 때는 딱 하나, 공부를 안 해서다. 배우지 않았기 때문이다. 물고기를 한 번도 키워 본 적 없는 사람이 남들 하는 것만 보고 대충 따라 하다 보니 제대로 될 리가 없다. 보자마자 따라 할 수 있는 단순 작업이 아닌 이상 분명히 최소한의 '배우는 과정'이 필요한데 그걸 빼먹었으니 맨땅에 헤딩하는 꼴이 되어 버린 것이다. 물고기가 헤엄치는 모습을 빨리 보고 싶다고 해서 수돗물을 들이부어선 안 된다. 정수기 물? 박테리아 하나 없는 무균 지대가 오히려 더 위험하다. 온도와 먹이도 마찬가지. 수족관 사장님처럼 전문가까지는 아니더라도 물고기를 키우기 위해 미리 공부하고 준비할 게 분명 있을 텐데 최소한의 노력도 없이 시작한다면 얼마 못 가 실패할 게 뻔하다. 총알도 없는 총을 들고 전쟁터에 나가 봤자 무슨 소용이랴.

사람은 실패를 겪어야 성장한다. 하지만 매번 실패할 수는 없다. 게다가 실패를 방지할 수 있는 방법이 있음에도 그것을 건너뛰는 것은 완전히 다른 문제다. 우리는 시간과 노력을 들여 무언가를 배움으로써 실패의 가능성을 줄일 수 있다. 조금이라도 공부를 했다면 물고기와 이별할 확률이 현저히 낮아졌을 테고, 그로 인한 슬픔보다는 기쁨과 만족감을 얻을 가능성이 더 높아졌을 것이다.
실패 가능성, 즉 일이 잘못될 확률을 줄인다는 것은 그로 인한 부정적인 감정을 마주하지 않아도 된다는 뜻이고 행복과 기쁨 같은 긍정적인 상태를 더 자주 경험할 수 있다는 의미다. 결과적으로는 삶의 질을 보다 높은 수준으로 유지할 수 있게 된다.

우리가 계속해서 배워야 하는 이유도 그러하다. 조금 더 만족스럽고 행복한 상태로 우리에게 주어진 시간을 보내기 위해서. 배움의 과정을 지나는 일이 힘들고 괴로울 때도 있겠지만 그로 인해 얻을 수 있는 행복을 기대하며 우리는 끊임없이 공부해야 한다. 그러니까 새 제품을 사면 들어 있는 매뉴얼은 버리지 말고 꼭 읽어 보자. 그걸 만든 이유가 분명 있을 테니까 말이다.

내 마음의 충치

　　아이에게 충치가 생겼다. 양치를 하지 않고 잠들어 버려도 유치라서 괜찮겠지 하며 넘겨 버리고, 아이가 싫어한다는 이유로 치실도 잘 안 해 줬더니 이렇게 된 모양이다.

　　다음 날 일을 마치자마자 아이를 치과로 데려가 검사를 했다. 그런데 웬걸. 충치가 무려 10개란다. 아이의 충치를 하나씩 헤아리는 그 시간이 얼마나 부끄럽던지. 바쁘다는 핑계로 아이에게 신경을 쓰지 못해 미안한 마음뿐이다.

　　소 잃고 외양간 고치는 꼴이지만 어쨌든 충치가 심각하다는 진단을 받고 나서야 부랴부랴 치료를 알아보았다. 동네에 어린이 치과는 어디가 잘 보며 어느 정도 시술이 필요한지, 비용은 어떤지 등등. 아둥바둥 바쁜 일상에 신경 써야 할 게 하나 더 생겼다. 평소에 잘했으면 하지 않아도 될 일인데. 신경이 날카롭던 판에 스스로를 책망하던 마음이 애꿎게도 아내에게 향했다.

　　"당신은 애 이가 이 지경이 될 때까지 모르고 있었던 거야? 어쩜 그리 무심해?"

　　그도 그럴 것이, 우리 부부는 얼마 전부터 집안일과 육아에 대한 서로의 역할을 정해 놓고 있었다. 설거지와 바닥 청소는 내가, 빨래와 아이 장난감 정리는 아내가 하는 식이다. 아이의 양치 담당은 아내라고 내 멋대로 정해 버렸었다. 그래서 내심 아이에게 충치가 생겨 버린 게 아내 탓이라고 생각하고 있었다. 이리저리 서운한 티를 냈더니 아내도 마음이 상해 결국 우리 부부는 다투기 시작했다.

'아이에게 충치가 생긴 게 당신 때문이네'부터 시작해서 '집안일을 분담하기로 정해 놓았는데 왜 안 지키는 건지' '왜 노력을 안 하는지'까지. 사실 나도 내가 해야 할 일을 제대로 못한 게 부지기수인데다가 아내도 마음이 좋지 않으니 서로에 대한 온갖 서운한 얘기가 다 튀어나왔다.

한참을 티격태격하다 보니 지금 뭘 하고 있나 하는 생각이 들었다. 암만 싸워 봤자 이미 생겨 버린 아이의 충치를 되돌릴 수는 없는 노릇인데 누구의 탓인지 따지는 게 무슨 소용일까. 그런다고 10개인 충치가 5개로 줄어드는 것도 아닌데 말이다. 이미 벌어진 상황을 가지고 잘잘못을 가려 봤자 얻을 것 하나 없다는 걸 알면서도 우리 부부는 소중한 시간과 감정을 소모하고 있었다. 정작 중요한 문제, 아이의 치아에는 전혀 도움을 주지 못한 채 말이다.

○ ○ ○ ○ ○

잘못을 했을 때 '미안해. 내 탓이야.'라고 단번에 인정하기는 결코 쉽지 않다. 우리는 으레 자기 자신을 탓하기보다 다른 사람이나 환경, 처해 있는 상황을 변명거리로 삼는다. 설령 내 책임이 분명하더라도 어쩔 수 없었다거나 예상치 못한 다른 원인이 있었다고 말한다. 잘못된 것에 대한 책임의 '지분'을 최소화해 거기에서 벗어나고 싶어 한다.

　아이의 충치는 분명히 부부 공동의 책임이다. 하지만 나는 그것이 내 책임이 아니라고 생각했다. 아이에게 충치가 생긴 것은 아내 때문이니 내가 나서서 해결할 필요가 없다고 생각하며 책임을 회피하려고 했다.

　나는 왜 이렇게 소극적이었을까. 문제의 원인이 내가 아닌 다른 곳에 있다고 생각하면 나는 그것을 해결하지 않아도 되기 때문이다. 이것은 비단 아이의 충치 문제뿐만 아니라 우리가 살면서 마주하는 대부분의 일들에도 적용된다. 하지만 내 생각이 짧았다. 이것은 내 잘못이고, 내가 해결해야 할 과제였다.

　잘잘못을 따지는 데 에너지를 쏟으면 정작 앞으로 해야 할 일을 놓친다. 과거에 집착하다간 현재와 미래에 소홀해진다. 사소한 잘못에도 책임 소재를 밝히느라 서로를 물고 뜯는 사람들, 눈앞에 산적한 문제를 보지 못하고 지난 일을 들쑤시는 모습들을 사회생활을 하면서 많이 봐 왔다. 그런데 알고 보니 나 역시 그런 사람들 중 하나였다. 나도 모르는 사이에 위선자로 살고 있었다. 내 잘못이다.

　타인을 판단하는 것보다 조금은 까칠하게 나 자신을 들여다보려고 한다. 그렇게 한다면 다른 사람과 다투지 않고 스스로 문제를 해결하는 힘이 생길 것이다. 뭔가 잘못 돌아가더라도 거기에 매달려 생사람은 잡지 말자. 어느 철학자의 말처럼 모든 일은 내가 원인이고 결과일지도 모르니까 말이다.

잘 쉬는 기술이 필요한 이유

　　　　언젠가부터 하루의 마무리를 스마트폰과 함께하고 있다.
특별히 할 건 없는데 그냥 잠들면 억울한 기분에 괜히 인터넷을 뒤적
거린다. 포털사이트 뉴스 한 바퀴, 프리미어리그 하이라이트. 재미없
다. 오늘은 웹툰이나 좀 보자. 평점이 높은 웹툰 하나를 선택했다. '몇
편만 보고 자야지.' 하는 마음이었는데 점점 빠져들고 있는 나 자신을
발견했다. 결국 1화부터 한 번에 정주행. 정신을 차려 보니 새벽 세 시
다. 조금 있으면 출근해야 하는데 큰일이다.

　'웹툰 괜히 봤다. 왜 그랬지? 엄청 피곤하네. 일찍 잤어야 했는데.'

　천근만근 무거워진 눈을 억지로 들어 올린다. 오늘은 일찍 자겠다고
다짐을 하지만 밤이 되면 또 스마트폰을 만지작거린다. 이렇게 며칠을
반복했더니 조금 억울한 기분이 들었다. 이렇게 해서 내가 얻는 게 피
곤함 말고 뭐가 있지?

ㅇ ㅇ ㅇ ㅇ ㅇ

　"나는 삼십 대 후반의 평범한 대한민국 남자다. 운 좋게 이른 나이
에 취업해서 일한 지 이제 10년이 되었다. 나는 아침 6시에 일어나 출

근하고, 밤 10시가 되어야 집에 들어온다. 주중엔 기계처럼 일하고 금요일 밤부터 일요일까지는 온종일 방 안에 틀어박혀 게임을 한다. 이렇게 10년을 보냈다. 통장 잔액은 조금씩 늘어 갔다. 그런데 그걸 빼고 그동안 내가 뭘 했지 물어보니 도무지 기억나는 것이 없다."

워라밸 관련 기사에 누군가 이런 댓글을 달아 놓았다. 10년 동안 뭘 했는지 모르겠다는 그의 말. 나는 이 댓글을 쓴 사람이 어떤 마음이었을지 짐작이 간다. 회사와 집을 반복하며 기계처럼 일만 하는 현실을 잊으려고 했던 것이 아니었을까.

나 또한 크게 다르지 않았다. 무엇보다도 모두가 잠든 밤, 아무도 나를 방해하지 않는 그 시간이 좋았다. 회사도 집안일도 육아도 신경 쓸 필요가 없는 나만의 시간. 그 소중한 시간을 그저 아무런 의미 없이 핸드폰만 바라보며 허비하다니. 우리는 아침에 일어나 밤이 될 때까지 온종일 '남'을 위한 시간을 보낸다. 피곤했던 하루가 끝나고 드디어 나만의 시간을 가지게 되어도 막상 하는 일은 특별하지 않다. 오늘은 어제와 똑같고 내일은 오늘과 비슷할 거다. 그래서 웹툰을 보든 게임을 하든 뭐라도 하면서 잠시나마 현실을 잊으려고 한다.

그동안 현실을 잊기 위해 부단히도 노력했던 내 모습을 돌이켜보자니 마음이 꽤 씁쓸했다. 내게 주어진 시간을 '나를 위해' 쓰지 못하고 '나를 잊기 위해' 써 왔다니. 그래서 늘 시간을 흘려보낸 기분이었고 아무것도 얻지 못했다고 느꼈던 것이었다.

며칠 전 웹툰을 보던 그 몇 시간도 똑같은 상황이었다. 회사와 육아라는 숨 가쁜 현실을 잊고 싶어 웹툰에 집중하며 다른 생각을 의도적으로 차단했다. 그 시간만큼은 즐거웠을지 모르지만 그렇게도 잊으려 했던 현실은 끈질기게 이어진다.

○ ○ ○ ○ ○

여가는 잔뜩 쌓여 버린 생각들을 정리하고 자신에게 집중하는 시간이다. 여가 시간에는 현실을 잊는 것이 아니라 기존의 생각들을 잠시 한쪽으로 접어놓고 오로지 자신에게 집중해야 한다. 그래서 다시 현실로 돌아왔을 때 어떤 식으로든 도움이 되어야 한다. 이것이 여가의 진정한 의미가 아닐까 싶다.

나는 웹툰을 보며 여가를 즐겼다고 생각했지만 사실 그건 웹툰에 빼앗겨 버린 시간이었다. 그래서 아침이 되고 마주한 현실은 어제와 같았고 어느 것 하나 변한 게 없었다. 계속 이런 식이라면 한 걸음도 못 나아가고 제자리에서 헤매게 될 것이다. 10년을 잃어버렸다는 그의 이야기처럼.

남은 삶 동안 나의 여가를 어떻게 보내야 할까. 이 질문에 대한 대답을 어떻게 하느냐에 따라 내 인생의 방향이 바뀔 수 있으리라 생각한다. 양질의 여가를 즐기기 위해 노력하는 것이 양질의 인생으로 향해 가는 지름길이 되지 않을까.

막연하긴 해도 이제부터라도 '잘 쉬는 것'에 대해서 생각을 해 보아야 한다. 물론 나에게는 '멍 때리기'라는 탁월한 기술이 하나 있지만 하염없이 멍만 때리고 살 수는 없는 노릇이니 말이다.

✦ 인생은 여행처럼

　　　　지하철을 타고 출근하는 길. 운 좋게 자리를 잡아 눈을 감고 피곤함을 달래던 중이었다. 얼마나 지났을까. 지하철 안내 방송이 흘러나온다. 소란을 피우거나 타인에게 불쾌감을 주는 행위를 하지 말아 달라는 내용이다. 늘 듣는 이야기라 그러려니 하고 넘어가려는데 방송의 끝부분에 왠지 모를 어색한 단어가 들려왔다.

"고객 여러분께서는 편안하고 안전한 여행 되시기 바랍니다."

　여행이라니. 이게 무슨 소리지? 난 지금 출근하고 있는데. 내가 알고 있던 여행의 의미와는 달라도 너무 달랐기에 괜히 억울한 마음이 들었다.

　여행 하면 떠오르는 장면은 선글라스를 쓴 채 어디론가 떠나고 있는 모습이다. 새로운 곳에 가서 못 보던 것도 보고 색다른 경험도 하고 쉬기도 한다. 나에게 여행은 언제나 기분 좋고 설레는 일이다.

　그런데 출근길에 만난 여행의 의미는 조금 달랐다. 안내 방송에서 말한 대로라면 지하철을 타고 어디론가 이동하는 것 자체가 여행이 된다. 회사로 출근하는 것도 집으로 돌아가는 것도 친구와의 약속 장소로 가는 것도 모두 여행이다. 이건 너무 포괄적인 의미 아닌가? 이동이라고 표현하기 뭐하니까 여행이라고 했겠지 생각하며 다시 눈을 감았다.

회사에 도착해 한창 일을 하던 중, 보고서에 들어갈 단어를 고민하며 인터넷으로 국어사전을 뒤적이다 아까 들었던 여행의 본래 의미가 궁금해졌다.

'여행(旅行): 일이나 유람을 목적으로 다른 고장이나 외국에 가는 일.'

여행은 놀러 간다는 뜻이 아니었다. 일을 가는 것도 여행이다. 게다가 유람 역시 '돌아다니면서 구경한다.'라는 뜻이므로, 노는 게 아닌 다른 목적에도 적용될 수 있는 말이다.

이렇게 보니 지하철에서 들었던 그 말이 이해가 됐다. 안내 방송을 들었던 사람 중에는 나처럼 회사로 출근하던 직장인도 누군가를 만나러 아침 일찍 집을 나선 사람도 아니면 외국으로 가기 위해 인천공항으로 향하던 이도 있었을 것이다. 내가 사는 곳을 벗어나 다른 곳으로 가는 일이 여행이라면, 지하철 안에 있었던 모든 사람이 여행 중이었다는 뜻이 된다. 이렇게 해석한다면 인생 자체를 여행이라 불러도 무방할 듯하다.

게다가 놀러 가는 것이 아닌 여행도 많다. 어떤 이는 마음을 정리하기 위해 여행을 떠나고 또 어떤 이는 부담감이나 스트레스를 내려놓기 위해 머나먼 길을 나선다. 인생의 마지막을 맞이하기 위한 여행도 있을 것이다.

마흔에는 잘될 거예요

새로운 한 해가 시작됐고 나 역시 새로운 여행길에 오른다. 어디로 떠날지, 어떤 일이 펼쳐질지는 알 수 없지만 한 가지는 반드시 기억할 것이다. 누군가를 만나 어떤 경험을 하든지 간에 여행을 떠나기 전의 그 설렘을 항상 유지하자고. 그렇게 하면 마치 선글라스를 끼고 햇살 가득한 고속도로를 달리는 것처럼 내 앞에 나타날 모든 것들을 재미있게 받아들일 수 있지 않을까. 이런 마음으로 순간순간을 살다 보면 나중에 돌아볼 때 참 즐거운 여행이었다고 말할 수 있을 것 같다.

일상의 가치와 마주하기

        벚나무의 꽃이 떨어져 연두색 잎이 돋아날 즈음, 우리 가족은 여행을 떠난다. 새벽에 출발하는 값싼 항공권과 가성비 좋은 숙소를 예약하고 캐리어 두 개에 옷가지를 담아 김포로 향했다.

    제주에 도착했다. 예상보다 을씨년스러웠던 함덕 해수욕장을 뒤로하고 남쪽 방향으로 핸들을 틀었다. 딱히 목적지가 정해지지 않은 여행이라 내 눈앞에 어떤 것이 펼쳐질지 모른다는 설렘이 지쳐 있던 마음속을 가득 채운다.

    무작정 길을 따라 달렸다. 가다 보니 왼쪽으로 산 중턱에 펼쳐진 광활한 유채꽃 밭이 나를 반긴다. 하얀색과 분홍색의 벚꽃이 다 떨어졌어도 제주의 들판은 꽤 오랫동안 노란빛을 간직한다. 유채꽃 한가운데 자리한 자그마한 카페가 나를 부른다.

    더없이 아름다웠던 풍경 때문이었을까, 아니면 이제 갓 시작된 휴가 덕분에 넘쳐나던 내 마음의 여유 때문이었을까. 어떻게 표현해도 부족하겠지만 여행길에서 처음 만난 제주의 풍경은 내게 오래도록 좋은 기분을 남겨 주었다.

    여행을 갔다고 해서 반드시 특별한 경험을 해야 할 필요는 없다. 우리 역시 그랬다. 평소처럼 아이 양치를 시켜야 한다며 옥신각신하고, 나는 하루 종일 운전만 한다며 투덜댔다. 똑같이 하던 게 장소만 바뀐 느낌이다. 그래도 맛있는 것도 많이 먹고 잠 잘 자고 아이도 별 탈 없이 재밌게 보내다 왔으니 다행이다.

짧은 휴가를 마치고 일상으로 돌아왔지만, 차창 밖으로 펼쳐졌던 제주의 아름다운 풍경을 생각하면 절로 미소가 지어진다. 이래서 사람들이 여행을 떠나나 보다. 팍팍해진 마음을 누그러뜨려 따뜻하게 만들려고 말이다.

나는 다시 하던 일을 해야 한다. 그동안 밀린 회사일도 해야 하고, 집안일도, 육아도 해야 한다. 얼마간 소홀했던 글쓰기도 시작해야겠지. 예전 같으면 휴가를 마치고 다시 회사로 향하는 월요일은 말로 형용할 수 없는 우울함의 끝을 달리는 날이었겠지만 이상하게도 오늘은 그렇지 않다. 이것 참 신기할 노릇이다.

며칠간 잊고 지내던 일상을 다시 마주하고 나니, 나에게 돌아올 자리가 있다는 것에 대해 문득 감사한 마음이 든다. 나는 내가 살고 있는 이 세상에서 어떤 식으로든 필요한 사람이다. 그러니 익숙하지만 소중한 삶의 시간을 좀 더 의미 있게 살아 내야 한다. 그러고 보니 우리는 '일상'의 가치를 배우기 위해 어디론가 떠나는 것일지도 모르겠다.

여행은 언제나 옳다는 말, 나는 이 말에 전적으로 동의한다.

'그럴 수도 있지' 하고 받아들이는 수용의 힘

출근길 지하철은 언제나 사람들로 붐빈다. 내가 이용하는 신분당선도 마찬가지다. 노선의 특성상 출근 시간의 이용객들은 대부분 양재역 또는 종착역인 강남역에서 내린다. 나 또한 양재역에서 내려 3호선으로 갈아탄다.

양재역 환승 통로는 열차 앞쪽에 있기 때문에 1-1 출입문 쪽으로 내리려는 사람들이 몰린다. 그래서 양재역에서 문이 열리면 많은 사람들이 한꺼번에 내리기 때문에 강남역으로 가야 하는 사람들 몇몇은 잠시 내렸다가 다시 타야 한다. 여기서 문제가 생긴다. 강남역까지 가려는 이들이 내리는 사람들에 밀려 잠깐 하차했는데 다시 탑승하기 전에 문이 닫혀 버린 것. 우르르 밀고 나오니 떠밀려 내렸을 뿐인데 열차를 놓치게 되는 것이다.

다시 열차에 오르지 못한 그들은 황당한 표정으로 소리를 지르거나 발을 동동 구르며 떠나간 열차를 원망한다. 내가 내리고 싶어서 내린 것도 아니고 다시 타려고 해도 사람들이 계속 나오니 도저히 탈 수가 없었던 건데. 그 와중에 열차가 문을 닫고 출발하다니. 아침부터 이런 일이 생겨서 지각이라도 한다면? 상상만 해도 짜증이 난다.

하지만 누구 때문이라고 원망할 수도 없다. 내린 사람들에게는 잘못이 없다. 내려야 하니까 내린 거다. 열차도 마찬가지다. 운행 시간과 배차 간격 등 여러 가지 요소를 고려하여 출입문을 닫았을 테니 결국 누구의 잘못도 아니다.

열차에 오르지 못하고 분통을 터트리는 사람들처럼 내 의지와는 관계없이 오로지 외부의 원인 때문에 좌절하거나 일을 그르치는 경우가 있다. 다른 사람 때문에 이루지 못한 목표도 있을 것이고 상황이 안 좋게 흘러갔기 때문에 망쳐 버린 일도 있으리라. 모래 위에 그림을 그려 놓았더니 갑자기 거대한 파도가 나타나 휩쓸고 지나가 버린 것처럼, 우리는 의도하지 않았음에도 힘든 일을 겪거나 괴로운 상황에 놓일 수 있다.

우리 인생에는 원인을 찾을 수 없는 괴로움이 있다. 그리고 누구도 탓할 수 없는 상황들이 분명 존재한다. 삶은 내가 원하는 대로 흘러가지 않고 아무리 노력하더라도 이룰 수 없는 일이 생긴다. 이유 없이 나쁜 일이 생기기도 하고 의지와는 정반대로 상황이 흘러가 그동안 노력했던 것들이 수포가 되기도 한다.

○ ○ ○ ○ ○

삶은 내가 바라는 대로 흘러가지 않는다. 모든 것을 원하는 대로 끌고 가려고 하지만 그렇게 될 수 없다는 것을 인정하고 받아들여야 한다. 마음대로 되지 않는 세상을 나에게 맞추려고 애쓰기보단 나를 세상에 맞추는 게 좀 더 쉽지 않을까. 어렵고 불편한 일은 누구에게나 생기는 것이니 자연스럽게 수용하면서 조금 더 능동적으로 대처할 수 있다면 어떨까.

좋은 일도 나쁜 일도 슬픈 일도 그저 물 흐르듯 자연스럽게 일어날 수 있다는 걸 받아들이면 현재의 나를 위해 조금 더 집중할 수 있다. 양재역에서 마주친 그들에게 마음으로 얘기했다. 열차를 못 타 기분이 상하더라도 훌훌 털어 버리고 오늘 하루를 즐겁게 보냈으면 좋겠다고.

3장

마흔에는 더 잘될 거예요

_이제는 챙겨야 할 것들

해야 하는 것들과
하고 싶은 것들 사이에 끼어 있는 마흔,
중심이 잘 잡힌 괜찮은 어른이고 싶다.

마흔 살 고시생

　　유난히 더웠던 2008년 여름 강남의 한 고등학교 교실. 하
나같이 비장한 표정을 한 사람들과 함께 이곳에 앉아 있다. 책상 모퉁
이에 붙어 있는 종이엔 수험번호와 응시 분야 그리고 내 이름이 적혀
있다. 나는 지금 행정고시 시험을 앞두고 있다.

　몇 사람이 들어와 꽁꽁 싸맨 상자를 열었다. 열 페이지짜리 답안지를
받아든 사람들은 정성스럽게 자신의 이름을 적는다. 이제 문제를 나누
어 줄 시간. 많은 이들의 시선이 감독관의 손끝으로 향했다. 그의 손에
들려 있는 종이에 나의 미래가 담겼다. 수년 동안 보냈던 인고의 시간
을 뒤로하고 오늘은 반드시 승리해야 한다.

　달랑 세 문제다. 종이를 받자마자 부지런히 글자를 적어 나갔다. 시
간이 없다. 두 시간 동안 문제를 풀고 답안지를 가득 채워야 한다.

　'아, 이번에도 떨어지겠구나.'

　3번 문제를 보자마자 이런 생각이 불현듯 스쳤다. 자신이 없다. 공부
하느라 '개고생'했던 지난 시간을 돌이켜보자 화가 치밀어 오른다. 지
금까지 쏟아 부은 시간이 얼만데 고작 이따위 몇 문제를 가지고 사람
을 평가하다니.

　네 번째 도전도 실패로 끝났다. 자연스럽게 고시 낭인이 됐다. 지금

에 비하면 무엇을 하더라도 훨씬 자유롭고 건강했던 시절이었지만, 당시의 나는 지옥에 갇혀 있었다.

'태어나서 죽을 때까지 해야 하는 게 공부라고? 배움에는 끝이 없다고? 웃기지 말라고 해. 공부해서 얻은 게 고작 실패인데. 나 이제 공부 안 해.'

세상에 대한 불만으로 가득했던 백수는 그렇게 공부와 멀어졌다.

"여보, 여기 안 보는 책들 좀 버려."

아내가 나를 부른다. 툴툴거리며 가 보니 이사 후에 정리하지 않은 상자 속에 여러 가지 책과 종이들이 뒤섞여 있었다. 쌓인 먼지를 털어내며 하나둘씩 꺼내어 봤다. 고시생 시절을 함께했던 행정법과 경제학 관련 서적들, 숱하게 적어 내려갔던 모의고사 답안지. 하나하나 꺼내 읽다 보니 열정이 충만했던 그때의 내가 생각났다. 그때로 돌아간다면 더 열심히 공부할 수 있을까. 솔직히 자신이 없다. 목표가 분명했던 그때도 최선을 다했다고 스스로에게 자신 있게 말할 수 없다. 하물며 지금은 어떠한가.

고시 공부를 포기하고 제일 먼저 한 것은 직장을 구하는 일이었다. 어떻게든 밥벌이를 해야 했다. 남들보다 늦은 취업이라 마음이 급했다. 더 늙기 전에 결혼도 하고 가정도 꾸리고 싶었다. 다행스럽게 지금의 직장을 구했고 아내를 만나 결혼을 해 귀여운 아이도 생겼다. 서른을 넘긴 고시 낭인의 소원은 남들처럼 평범하게 사는 것이었고 운 좋게도 나는 그 목표를 달성했다.

그런데 거기까지였다. 그 이후에는 목표라는 것 자체가 없었다. 하루하루 주어진 일상에 치이며 살기에 바빴지, 남은 인생을 어떻게 살아야 하는지에 대한 고민은 한 번도 하지 못했다. 삶의 방향에 대한 목적의식 없이 10년이라는 시간을 보냈다.

○ ○ ○ ○ ○

나는 무엇을 위해 사는가. 나에게 삶의 목적과 목표가 있는가. 아니, 그것들에 대해 생각해 본 적이 있었는가. 남들처럼 살고 싶었던 고시생이 직장을 구하고 가정이 이뤘으니 이제 모든 것을 이뤘다고 착각하고 있는 것일까. 그게 아니라면 나는 남은 일생 동안 어떤 목표를 가지고 살아야 할까.

지난 10년간 어떠한 노력도 하지 않고 하루하루를 흘려 보냈다. 그저 늙어가는 일이 내 목표인 것처럼 시간을 허비했다. 제자리에서 쳇바퀴를 돌리고 있다는 걸 알게 됐지만 어느 쪽으로 가야 할지 몰라 갈팡질팡하고 있는 사람, 그것이 지금의 내 모습이다.

내가 지금부터 가져야 할 인생 목표들을 쭉 적어 보았다. 한 번도 생각해 본 적이 없어 이 역시도 쉽지 않았지만 그래도 생각나는 대로 써봤다.

건강하기, 좋은 아빠 되기, 돈 아껴 쓰기, 사람들에게 친절하기. 매일 하던 일인데도 목표로 삼고 나니 새롭다. 건방진 생각이지만 이렇게 하다 보면 꽤 괜찮은 인생을 살아갈 수 있을 것도 같다.

끝없는 사막 한가운데에서 나침반을 발견한 기분이다. 길을 잃고 서 있던 지난 10년을 되돌릴 수는 없다. 하지만 이제부터의 10년은 내가 스스로 만들어 보고 싶다. 훌륭한 사람이 되지는 못하더라도 목적의식을 가지고 삶에 대해 끊임없이 고민하고 노력하는 사람이 되어야겠다. 그러면 오십 대에는 조금 더 성숙한 사람이 되어 있지 않을까.

꼰대 놀이터

늦은 시각, 볼 일을 마치고 귀가하던 중 몇몇 남자들이 길가에 둥그렇게 모여 서서 시끄럽게 떠드는 것이 보였다. 뭐가 그리도 재미있는지 연신 껄껄대며 큰 소리로 웃어댄다. 같은 회사의 직원들일까? 거나하게 술을 마신 듯 그들의 얼굴은 하나같이 벌겋게 달아올라 있었다.

그런데 저 둥그런 모임에서 빠져나와 길가에서 연신 손을 흔들고 있는 한 청년의 모습이 눈에 들어왔다. 남색 정장을 정갈하게 갖춰 입고 넥타이를 단단히 맨 모습이 필히 막내 사원일 것이다.

청년의 손이 멈추자 그 앞에 택시 한 대가 섰다. 그러자 뒤에 있던 둥그런 무리가 갈라지더니 나이 지긋한 남성이 천천히 걸어 나왔다. 뒤에 서 있던 또 다른 남자가 허겁지겁 달려와 택시 뒷문을 열어젖혔다. 그가 탑승하고 문이 닫히자 모여 있던 사람들 모두 사라지는 택시를 향해 정중하게 인사를 한다.

택시가 그들의 시야에서 완전히 사라지자 무리 중 한 사람이 이렇게 말했다.

"아, 정말 눈치 없는 꼰대 같으니라고. 저 양반 진짜 오래 계시네. 지금이 몇 시야? 아직 괜찮네. 자자, 이제 전무님 가셨으니 우리끼리만 한잔 더 해야지?"

길가에 서서 열심히 택시를 잡던 청년이 잠시 멈칫하더니 이내 웃으며 되물었다.

"차장님, 2차는 어디로 갈까요?"
"맥주 한잔 더 하자. 안 뛰고 뭐 하냐. 얼른 가서 자리 잡아."

청년은 골목 속 인파 사이로 뛰어 들어갔다.
그의 뒷모습을 보며 헛웃음이 나오는 걸 간신히 참았다. 이게 지금 무슨 상황이지? 누가 누구에게 꼰대라고 불러야 하는 상황일까. 차장님? 전무님? 그들은 꼰대가 무슨 뜻인지 알고나 하는 말일까?

자기가 하고 싶은 대로 하며 타인에게 피해를 주는 사람이 꼰대라면, 어쩌면 우리는 이미 가득한 꼰대들 사이에서 살아남기 위해 발버둥을 치며 하루하루를 버텨 내고 있는 게 아닐까.

왁자지껄 소리를 지르며 걸어가는 그들의 모습을 바라보며 사라져 버린 청년의 얼굴을 떠올리려 애썼다. 혹시 그는 내가 계속 지켜보고 있었다는 것을 알고 있었을까. 누가 꼰대인지도 모르는 사람들 틈바구니에서 정신없이 뛰고 있던 당신을 응원한다는 말도 함께 말이다.

◆ 건강은 바람이 아닌 의무

"뭐? 뇌출혈?"

깜짝 놀라 돌아봤다. 아내는 핸드폰에 시선을 고정한 채 심각한 표정으로 말했다. 친한 친구의 남편이 뇌출혈로 쓰러졌단다. 부부 동반 모임에서 늘 "행님, 행님." 하며 살갑게 대하던 경상도 사나이. 게다가 그는 고작 서른여덟이었다.

"그게 무슨 소리야? 아니, 그 나이에 무슨 뇌출혈이야?"
"모르겠어. 갑자기 쓰러졌대. 나도 방금 메시지 보고 알았어. 아, 수연이 어떡하나. 애들도 아직 어린데. 자기도 진짜 건강관리 잘해야 한다. 알았지?"

할 말을 다 하고 그녀는 말을 이었다.

"참, 여보. 오늘 재활용 버리는 날이잖아. 얼른 좀 갔다 와."
복잡한 머리와 반대로 몸은 명료하게 일어나 나갈 채비를 하고 있었다. 뇌출혈 이야기는 금세 재활용 쓰레기에 밀려났다. 내다 버릴 것들을 주섬주섬 챙기며, 쓰러졌다는 그의 얼굴을 떠올렸다.

김준식. 서른여덟 살. 대기업 영업직 대리. 그리고 두 아이의 아빠.

나와 닮은 듯 다른 그의 모습. 몸에 열이 많던 그의 얼굴에서는 항상 땀이 흘렀고, 계절을 불문하고 가방엔 언제나 휴대용 선풍기가 들어 있었다. 몸무게가 세 자리인 사람은 흔치 않다며 자랑하던 그는 족히 40인치가 넘는 바지를 입고 있었고, 그마저도 삐져나온 뱃살을 지탱하느라 힘에 겨운 듯했다.

영업직 10년. 술자리에서 그는 물 찬 제비였다. 생전 듣도 보도 못한 폭탄주를 기가 막히게 제조해 사람들에게 주욱 한 바퀴 돌린 후 마이크를 잡고 일어나 육중한 몸을 한바탕 흔들며 분위기를 띄웠다. 술자리가 끝날 때까지 살뜰하게 사람들을 챙겼고, 마지막 남은 사람까지 집에 돌려보내고 나서야 비틀거리며 택시를 잡았다.

그가 연신 목덜미 지압을 하던 것도 생각났다. 왜 그러냐는 나의 물음에 그는 대수롭지 않게 "그냥요."라는 짧은 말을 남기고 담배를 피우러 가곤 했다. 그런 그가 쓰러졌다. 겨우 서른여덟에.

그동안 '뇌출혈'이라는 단어는 그저 먼 나라 이야기였기에 얼마 전까지 함께 술잔을 기울이던 동년배가 쓰러졌다는 소식은 굉장히 큰 충격이었다. 어쩌면 내 몸도 고장 나는 중이 아닐까? 어디서 어떻게 고장 나고 있을지 모르니 덜컥 겁이 났다.

늦은 밤. 문득 아이가 보고 싶어 슬그머니 방문을 열었다. 새근대는 숨소리가 들렸다. 가까이 다가가 목에 찬 땀을 닦아 주며 얼굴을 쓸어내렸다.

'이 녀석에게 멋진 아빠가 되어 주기로 약속했는데. 그 약속을 지키려면 내가 아프지 말아야 한다. 건강하게 살아야 한다.'

내가 없다면 아이는 어떻게 자랄까. 이런저런 불편한 생각이 머리를 스치자 가슴속 한편이 저릿하다. 오래도록 이 녀석과 많은 추억을 만들어 가고 싶다. 복잡해진 머리를 애써 가로저으며 가까스로 잠을 청했다.

몇 주 뒤, 다행스럽게도 그가 수술을 마치고 회복했다는 소식을 들었다. 냉큼 그에게 전화를 걸었다.

"고생했네. 몸은 좀 어때? 괜찮아진 거야?"

그가 웃으며 말했다.

"에이, 행님. 끄떡없지 뭐. 근데 이번에 문득 이런 생각이 들더라고. 내가 진짜 죽을 수도 있다는 생각. 행님은 그런 생각해 봤나? 여하튼 그렇게 생각하고 나니까, 수연이랑 애들한테 너무 미안한 거지. 그래서 오늘부터, 나 운동합니다. 행님도 몸 잘 챙기소."

그의 이야기를 들으며 이 세상의 모든 부모에게 건강한 삶은 '바람'이 아니라 '의무'라는 것을 느꼈다. 결혼하고, 아이가 태어나고, 함께하는 시간의 크기가 커질수록 내 인생은 '내 것'만이 아닌 '우리의 것'이 된다. 앞으로는 기를 쓰고라도 건강해야겠다. 무엇보다 내 가족을 위해서.

행복하게 살고 싶다면 기본 자격부터 갖춰야 한다는 말. 그 출발은 건강한 삶이다. 이제부터 해야 할 숙제가 하나 생겼다. 그리고 이것만큼은 온전히 내 몫이다.

부모가 가진 무게

어린 시절, 집에서 조금 떨어진 냇가 공터에는 '방방이'라고 불리던 낡은 트램펄린이 있었다. 까무잡잡하고 험상궂은 얼굴의 아저씨가 설치해 운영하던 곳이었다. 당시의 방방이는 굵은 철 스프링 고리를 서로 연결해 동그랗게 만든 구조물이었다. 별도의 안전장치도 없어 자칫하면 밖으로 나가떨어지고, 스프링 고리 사이에 발이 끼어 아파했던 기억이 있다. 지금 생각하면 정말 위험천만했지만 그때 우리에겐 세상에서 제일 재미있는 놀이였다.

일요일 아침이 되면 동네 친구들과 약속이라도 한 듯 방방이 아저씨가 있는 곳으로 부리나케 뛰어갔다. 이른 시간에 도착해 아저씨가 어젯밤에 정리해 놓은 방방이를 설치했다. 이렇게 하면 아저씨가 출근할 때까지 마음대로 탈 수 있었다.

아저씨는 방방이를 10분 동안 태워 주고 100원을 받았지만 우리가 아침 일찍부터 나와 맘대로 설치하고 놀고 있어도 화 한번 내지 않으셨다. 지금 생각하면 완전히 영업 방해인데 말이다. 그렇게 실컷 방방이를 타고 난 후에도 아저씨 근방에서 떨어지지 않고 놀았다. 냇물에 돌도 던지고 비석치기도 하고 모래놀이도 하면서. 그러다 손님이 없으면 아저씨는 놀고 있는 우리를 불러 공짜로 방방이를 태워 주기도 했다. 우리는 그렇게 일요일을 보냈다. 아저씨가 "이놈들아, 이제 집에 가서 밥 먹어라."라고 말씀하실 때까지.

○ ○ ○ ○ ○

35년이 지났다. 일요일 아침에 출근한 아내를 대신해 아이를 데리고 동네 키즈카페로 향했다. 다섯 살 된 아들 녀석은 도착하자마자 신발과 양말을 벗어던지고 트램펄린이 설치된 곳으로 부리나케 뛰어간다. 데자뷰라고 해도 될까? 어디선가 저 모습을 보았던 기억이 난다. 그 뒤태가 아주 오래전 냇가 근처 방방이를 향해 뛰어가던 한 코흘리개의 모습과 똑같다. 그 꼬마도 정확히 저런 모습이었겠구나. 세상에서 제일 행복한 표정으로 신나게 방방 뛰고 있는 아이의 모습에 흐뭇한 미소를 지으며 어린 시절의 나와 마주한다.

코흘리개는 어느새 자라 눈앞에 있는 자신과 똑같은 한 아이를 보며 세월이 흘러가고 있음을 느낀다. 동시에 내가 겪어 온 시간을 앞으로 경험해 나갈 아이의 미래가 조금이라도 더 행복하기 위해 나는 어떤 역할을 해 줘야 할까 생각해 본다.

부모와 나 그리고 아이. 우리는 모두 같은 시간 속에서 각자의 인생을 살아가며 서로에게 중요한 존재가 된다. 아직 내리사랑이 무엇인지를 잘 알지는 못하지만, 내 아이는 나보다 더 행복하게 살았으면 좋겠다. 건강하게 자신의 삶을 잘 이끌어 가면서 사회 속에서 좋은 역할을 해 준다면 더할 나위가 없다. '아버지'라는 이름표를 달고 이미 아이의 인생에서 중요한 사람이 되어 버린 나는 앞으로 어떤 모습을 보여 줘야 할까. '방방이'를 향해 달려가던 아이의 뒷모습에 문득 어깨가 무거워졌다.

이제야 조금씩 보이는 것들

　　어머니가 보내 주신 햅쌀이 똑 떨어졌다. 사다 먹을까 하다가 얼마 전에 처형이 인터넷으로 시킨 쌀이 맛이 없다며 불평하던 게 떠올랐다. 차라리 어머니께 말씀드려서 택배로 배송해 달라고 요청하는 게 낫겠다는 생각에 전화를 드렸다.

　　"어머니. 저번에 보내 주신 쌀, 엄청 맛있던데요? 그거 그냥 시장에서 사신 건가? 우리가 또 받아서 먹을 수 있을까?"

　　"응. 시장에 가서 사 오면 돼. 집으로 보내 줘?"

　　"네. 무거우니까 그냥 택배로 부치세요. 돈은 계좌로 보내 드릴게. 아, 그리고 저번에 추석 때 주신 총각김치 엄청 맛있던데. 남은 거 있으면 조금만 보내 줘요."

　　"알았다. 너희 집으로 보내면 되지?"

　　며칠이 지나고 집 앞에 커다란 상자 하나가 도착했다. 어머니가 보내 주신 택배였다. 그런데 열어 보니 김치는 없고 쌀뿐이다. 어쨌거나 잘 받았다고 다시 전화를 드렸다.

　　"보내 주신 거 잘 받았어요. 근데 김치는 다 드셨나 봐? 쌀만 있는 걸 보니. 아쉽다. 다음번에 또 만들면 보내 주세요."

그런데 어머니가 이렇게 말씀하신다.

"아니야. 총각김치 있어. 내가 싸 놨어. 이번 주에 서울 갈 일이 있으니 그때 갖다 줄게."

"그걸 왜 직접 들고 와요. 택배에 같이 넣어 보내시면 되지. 맨날 허리 아프다, 다리 아프다 하시면서. 무거운 걸 들고 다니면 안 된다니까 참. 왜 그러셔요."

퉁명스럽게 전화를 끊었다. 쌀 부칠 때 김치도 같이 넣으시면 되지. 왜 굳이 무거운 짐을 들고 편치 않은 몸으로 직접 갖다 주신다는 걸까. 도무지 이해가 되지 않았다.

어머니가 서울에 올라오신다고 하신 즈음, 그 일을 까맣게 잊고 지내던 내게 어린이집에서 연락이 왔다. 아들 녀석이 이번에 첫 학예회를 한다는 내용이다. 요즘 집에서 율동 같은 이상한 몸동작을 계속하더니, 이런 귀여운 자식. 아이의 몸짓 하나에 회사에서 받은 스트레스가 한 방에 날아간다. 미소를 지으며 아이를 바라보고 있는 내게 아내가 물었다.

"여보. 어머님 내일 서울 오신다고 했지?"

아내의 말에 불현듯 어머니 생각이 났다. 눈앞에서 춤을 추고 있는 내 아이의 모습을 바라보고 있자니 수십 년 전 코흘리개였던 나를 똑같은 표정으로 바라보고 있던 어머니의 눈빛이 떠올랐다. 아, 어머니도 나를 보며 이런 좋은 기분을 느끼셨구나. 다른 것은 아무것도 필요 없이 그저 바라보는 것만으로도 미소 짓게 만드는 이것. 그것이 내 자식이고 어머니의 눈에 비친 나의 모습이다.

그제야 어머니가 총각김치를 직접 갖다 주겠다고 하셨던 이유를 어렴풋이 짐작할 수 있었다. 김치를 핑계 삼아 자식의 얼굴을 한번 더 보고 싶으셨던 게 아닐까. 자식이 먼저 찾지를 않으니 본인이 몸소 움직여서라도 보려고 하신 게 아닐까. 그래야 당신의 기분이 좋아질 테니. 이렇게 어머니의 마음을 조심스레 짐작해 보자니 아픈데 왜 자꾸 오려고 하냐며 언성을 높이던 내 모습이 부끄러워진다. 내 딴엔 어머니를 걱정한답시고 했던 얘기였지만, 어머니의 입장을 전혀 고려하지 않은 나만의 생각이었다.

내 아이가 커 갈수록 부모의 마음을 조금씩 엿볼 수 있는 능력이 생기는 것일까, 아니면 삶의 섭리가 이런 것일까. 예전에는 전혀 보이지 않고 알 수 없었던 것들이 하나둘씩 눈에 밟힌다. 시간이 날 때마다 부모님을 찾아뵈어야겠다. 매번 총각김치를 보내 달라고만 하지 말고.

삶의 가치가 담겨 있는 곳

건강검진 결과표를 받았다. 가방을 정리하다 테이블 위에 올려놓았는데 아내가 마침 그걸 보더니 나에게 한마디를 던진다.

"아이고, 맨날 나한테만 뭐라고 하더니. 비만이네? 어라, 혈압도 높고, 고지혈증? 콜레스테롤? 이거 뭐야. 여보, 어디 아픈 거야?"

"원래 이 나이 되면 다들 그래. 별로 심한 것도 아닌데 왜 그래."

"제때 관리 안 하면 한 방에 훅 간다. 운동 좀 해."

"그러지 않아도 운동하려고 했거든."

이런 몇 가지 이유로 인해 운동을 시작했다. 다행히 회사 건물 지하에 헬스 시설이 있다. 이곳에서 일한 지도 10년이 훌쩍 지났건만 이제야 처음으로 문을 두드려 본다. 익숙하지만 낯선 그곳으로, 나 이제 운동하러 간다.

헬스장은 사우나와 연결되어 있어서 우리가 흔히 가는 목욕탕과 비슷한 구조다. 입구에서 열쇠를 받고 로커를 열어 옷가지와 휴대전화 그리고 귀중품을 넣는다. 짧은 운동을 마치고 다시 로커 앞으로 돌아와 열쇠를 꽂는다.

문이 열리자 보이는 것들은 내가 넣어 두었던 물건들. 문을 잠그고

갔으니 당연한 노릇이다. 로커는 말 그대로 내 물건들을 넣고 보관하는 '나만의 공간'이다.

물품 보관함, 사물함. 물건을 넣어 두고 나중에 다시 꺼내어 쓴다. 각자 보관하는 것들은 각양각색이지만 공통점이 있다. 다른 사람이 가져가면 안 되는, 즉 잃어버리면 안 될 소중한 것들이라는 점이다.

로커의 문을 열며 내 인생에도 튼튼한 사물함 하나가 있었으면 좋겠다는 생각을 문득 하게 됐다. 우리들의 마음속에도 사물함이 하나 있다. 눈에 보이지 않아도 여기에 필요한 것들을 보관하고 그렇지 않은 것들은 빼내어 버리면서 산다. 사람마다 사물함의 크기가 다르고 들어 있는 것들도 모두 제각각이지만, 그 안에는 자신들이 소중히 여기는 무언가로 가득 채워져 있으리라. 지켜야 할 것들, 그리고 그들의 목표와 삶의 가치들로 인생의 사물함을 채워 가고 있겠지.

○ ○ ○ ○ ○

내 마음속 사물함 자물쇠에 열쇠를 집어넣고 천천히 돌려 문을 열었다. 슬그머니 안쪽을 보니 이것저것 가득히 복잡하게 얽혀 있다. 사물함의 한쪽엔 그동안 모아 놓은 통장 잔액과 대출금, 자동차, 신용카드 같은 것들이 자리 잡고 있다. 책상에 잔뜩 쌓인 일거리들과 지금 사는 전셋집의 풍경도. 다른 한쪽에는 공부해야 할 책들, 건강검진 결과표, 짓궂은 친구들의 얼굴이 보인다.

하나하나 빼내 정리를 하다가 사물함의 가장 깊숙한 곳에서 잠금장치가 있는 서랍을 발견했다. 뭐가 들었을까 하고 여는 순간 괜스레 눈시울이 따뜻해졌다.

사물함의 가장 깊은 곳에 들어 있던 가족사진 한 장. 사물함이 열려 있어도 잃어버리지 않도록 또 하나의 잠금장치를 마련해 둔 곳. 그곳에 내 가족이 있다. 들어 있는 것들 모두 내가 죽을 때까지 지켜 가야 할 소중한 것들이지만, 행여나 사물함의 문이 열려 다른 것들을 모두 잃어버린다고 하더라도 가족만큼은 그럴 수 없다는 마음이 반영된 것이었을까.

결혼하고 자녀가 태어나면서 어깨가 무거워졌다. '가장'이라는 바벨을 들어올리기 위해서는 몸과 마음이 모두 건강해야 한다. 소중한 것도, 지켜야 할 것도 많은 내 사물함을 튼튼하고 안전하게 만들기 위해 노력해야 한다. 그리고 이 모든 것들의 일차적인 목표는 나와 가족의 행복이다.

운동 좀 하라는 아내의 잔소리에 못 이겨 이곳에 왔건만, 헬스장 사물함 속을 들여다보며 가족의 의미를 다시금 생각하게 됐다. 그럴 리는 없겠지만 아내가 이 상황을 예상하고 그랬다면 그녀는 천재임이 분명하다.

가까이 있기에 더욱 보이지 않는 것들

　　　　신나는 휴가의 시작이다. 아이들이 좋아하는 델리만주도 살 겸 여주휴게소에서 잠시 쉬어 가기로 했다. 휴게소에 들어가기 위해 오른쪽 끝 차선으로 진입해 달리다가 약간의 정체가 생겨 서서히 속도를 줄이던 중이었다.

　바로 그때, 전방을 주시하던 내 눈에 불쑥 무언가가 보였다. 앞 유리 왼쪽으로 시커먼 것이 다가오고 있었다. 깜짝 놀라 핸들을 틀어 갓길로 진입했다. 아까부터 나란히 달리던 트럭이 갑작스럽게 차선을 변경하며 끼어든 것이었다. 화가 나서 여러 차례 경적을 울려댔지만 내 마음을 아는지 모르는지 트럭은 비상등조차 켜지 않고 가 버리고 말았다. 아이들과 함께였던 터라 차마 욕은 못 하고 속으로 분노를 삭였다. 그래도 천만다행이다. 갓길이라도 없었으면 대형사고로 이어질 뻔했다.

　놀란 가슴을 쓸고 휴가지에 도착해 블랙박스 영상을 틀어 봤다. 트럭은 방향지시등을 켠 채 차선을 변경하고 있었다. 나를 보고도 일부러 그랬을 리는 없고, 아무래도 내가 사각지대에 있었나 보다. 전방, 사이드미러, 룸미러 어디에도 보이지 않는 곳. 그래서 차선 변경 시 사고 확률이 굉장히 높은 곳이다.

운전 시 주의해야 하는 사각지대는 의외로 아주 가까운 곳이다. 멀리 떨어져 있으면 오히려 잘 보인다. 등잔 밑이 어둡다는 속담을 이런 상황에 써도 될까. 그러고 보니 근접해 있을수록 보기 어려운 사각지대처럼 우리의 삶에는 가까이 있음에도 보지 못하고 지나치는 것들이 많다. 매일매일 마주치는 사소한 것들에 대한 소중함을 잊고 사는 것처럼 말이다.

특히 타인과의 관계 속에서 이런 사각지대가 많이 생긴다. 자주 얼굴을 보고 마주치는 사람들에게 노력을 쏟기보다는 새로운 관계에 더 많은 공을 들이고 집중하려 한다. 이미 나와 가깝다고 생각하는 사람들은 내가 노력하지 않아도 알아서 나를 이해해 주고 배려해 주며 위해 줄 거라 믿는다.

나 역시 처음 마주하는 사람이나 집단 앞에서 좋은 모습을 보여 주고 싶어 되도 않는 이미지 메이킹을 했던 경험이 있다. 그게 나에게 좋을 거라 믿으며 좋은 관계를 만들기 위해 애썼다. 정작 매시간 살을 부대끼며 살아가는 우리 가족, 하루의 절반 이상을 함께 보내고 있는 직장 동료, 수십 년을 울고 웃었던 친구들에게는 그런 노력조차 하지 않으면서 말이다.

아무리 가까운 사이라도 표현하지 않으면 모른다. 먼저 다가가야 한다. 친한 만큼 계속해서 관심과 사랑을 표현해야 한다.

새롭게 만나는 사람들과 좋은 관계를 만들어 가는 것도 좋지만 내 옆에 있는 소중한 사람들과 더 깊이 있게 교류하고, 공감하고, 이해하는 것도 삶의 중요한 한 부분이 아닐까 싶다. 가까이 있어 잘 보이지 않는 운전자의 사각지대처럼 등잔 밑에 숨겨져 있는 소중한 인연을 소홀

히 하지 말자. 항상 가까이 있다고 그냥 지나쳐 버린다면 뒤늦게 후회
하게 될지도 모를 일이다.

현재를 버티는 힘

　　　　　비가 내렸던 늦은 가을날, 볼일을 마치고 버스에 올랐다. 물이 뚝뚝 떨어지는 우산 때문에 바닥이 꽤 미끄러웠다. 자리를 잡고 손잡이를 잡으려던 찰나, 기사님이 급하게 출발해 하마터면 중심을 잃고 넘어질 뻔했다. 여기저기서 투덜대는 소리가 들렸다. 내리는 문 옆의 기둥을 잡고 섰다. 이후에도 몇 번의 흔들림이 있었지만 기둥과 손잡이에 의지해 버티고 있었기에 별 문제가 되지 않았다.

　버스에서 내려 지하철역 입구까지 걸어갔다. 그런데 신발을 타고 올라오는 감촉이 평소와 사뭇 달랐다. 아래를 보니 바닥에 쌓인 낙엽들이 눈에 들어왔다.

　비 내린 늦가을의 영동대로는 홀딱 젖은 커다란 플라타너스 낙엽들로 가득 차 있었다. 누군가는 새벽부터 일어나 이 낙엽들을 치워야 할 텐데, 제법 찰싹 붙어서 잘 떨어지지 않을 무수한 낙엽들을 보고 있자니 고생깨나 하겠다는 생각이 들었다.

　조금 전 버스에서의 일이 떠올랐다. 작은 흔들림에도 중심을 잡지 못하고 흔들리던 내 모습이 바닥에 붙어 있는 젖은 낙엽과 대비된다. 이 녀석은 발로 차거나 빗자루로 쓸어도 쉽게 떨어지지 않고 이렇게도 꿋

꿋하게 제자리를 지키고 있는데 나는 어떤가. '흔들림' 없이 살아가고 있는가.

신입사원 시절, 인사발령 건 때문에 사무실 분위기가 굉장히 좋지 않았던 날이 있었다. 사무실 내 모든 사람이 무언의 압박을 받고 있었다. 점심을 먹고 친한 선배와 산책을 하다 사무실 분위기에 대한 이야기를 꺼냈다. 왜 이렇게 회사 분위기가 안 좋은지, 이럴 땐 어떻게 해야 하는지를 물었다. 한참을 듣고 있던 선배가 말했다.

"나도 아직은 잘은 모르겠지만 회사에서는 말이야, 아무리 거센 폭풍우가 밀려와도 쓸려 내려가지 않는 힘이 있어야 해. 물에 젖어서 바닥에 찰싹 붙어 있는 이 낙엽처럼 말이지. 이거 봐라. 발로 까여도 버티고, 벅벅 쓸어도 절대로 안 떨어지잖아. 무슨 말인지 알겠지?"

문득 혜민 스님의 책에서 보았던 내용이 떠올랐다. '젖은 낙엽'은 스님과 이외수 선생의 대화에 등장하는 '존버 정신(존나게 버티는 정신)'과 완전히 같은 의미일 것이다.

직장 생활을 하다 보면 흔들리는 때가 온다. 그만두고 싶다는 생각이 불쑥 솟구친다. 이렇게 흔들리는 상황에서 어떤 이는 새로운 길을 찾아 떠나지만 어떤 이는 묵묵히 버텨 낸다. 어느 것이 정답인지는 아무도 모른다. 자신의 선택을 후회하지 않고 사는 수밖에.

새로운 것에 도전하고 변화하려면 그에 걸맞은 노력이 필요한 것처럼, 현재를 묵묵히 받아들이고 버텨 내는 일에도 적지 않은 에너지가 필요하다. 젖은 낙엽이 되는 것 역시 결코 쉽지 않다. 그만둘 수 없는 사람에게 용기가 부족하다는 말은 절대로 하면 안 된다.

이런저런 일로 매일 매일이 흔들리는 요즘이지만, 그래도 10년 넘게
잘 버티고 있다. 영동대로의 젖은 낙엽처럼.

♦ 쓸모와 역할

　　전세 계약이 끝나 이사를 하게 됐다. 한번 리모델링을 한
집이라 깨끗하다고 생각했건만, 살아 보니 의외로 손볼 곳이 꽤 많았
다. 하지만 내 집도 아니니 전부 다 고치기도 뭐해서 그럭저럭 살아야
할 판이다.

　제일 아쉬웠던 건 예쁜 조명이 절반 이상 고장 나 있었다는 점이었
다. 수명을 다한 전구들이 주렁주렁 달려 있는 걸 보아 하니 아마도 전
에 살던 사람이 전등을 교체하지 않은 모양이었다. 자기 집이 아니니
소모품을 교체하는 게 아까웠겠지.

　어쨌거나 어둡게 살 수는 없는 노릇이라 전구를 사러 갔다. 비슷한
모양의 전구가 여러 개 진열되어 있었는데 가격이 천차만별이었다. 자
세히 살펴보니 저렴한 건 일반 전구고, 비싼 건 LED 전구란다. LED 전
구는 일반 전구보다 전력 소모가 적고 수명이 길다. 비싸지만 효율적
이라 장기적으로는 LED 전구를 쓰는 게 이득이다. 과연 언제까지 이
집에서 살 수 있을까를 잠시 생각하다가 결국 LED 전구를 골랐다.

　집으로 돌아와 전구를 갈았다. 쌓였던 먼지가 실내에 들어온 햇빛을
타고 퍼져 나간다. 헌 전구 속에는 새카맣게 타들어 간 하루살이와 모
기들이 잔뜩 있었다.

LED 전구로 바꾸고 우리 집 거실은 전보다 훨씬 밝아졌다. 어린 아들 녀석이 신기한 듯 감탄사를 연발했다. 뭔가 대단한 일을 한 것 같아 기분도 좋다.

그런데 자꾸 헌 전구들이 눈에 들어온다. 할 일을 다 하고 버려져 쓰레기통에 쌓여 있는 오래된 전구를 보니 '쓸모없으면 버려진다.'라는 생각이 마음을 스친다.

아무리 인기가 많고 뛰어난 축구 스타라도 기량이 떨어지면 선발 명단에 포함되지 않는다. 경기력이 올라올 가능성이 없다고 판단되면 타팀으로 방출되기도 한다. 치열하게 경쟁하는 스포츠 세계에서 이런 일은 비일비재하다. 드라마 '미생'의 대사를 빌리자면 사석(死石)이 되면 즉시 버려지는 것과 마찬가지다.

'쓰임을 다한다.'라는 것은 어떤 의미일까? 세상의 모든 것들은 쓰임을 다하면 버려진다. 존재하는 곳에서 분명한 역할을 하고 있어야 의미를 부여받듯이, 사람도 어떤 식으로든 쓸모가 있어야 그 속에서 살아가는 의미를 찾을 수 있지 않을까. 가정이든, 회사든, 아니면 사회 내에서든.

나는 가정과 직장, 혹은 다른 곳에서도 제 역할을 하는 쓸모 있는 전구인가. 행여 나라는 존재는 전기만 축내며 미약한 불빛을 뿜어내는 오래된 전구가 아닐까. 만약 다행스럽게도 아직 쓸모가 있다면, 그게 얼마나 오래갈 수 있을까.

신입 사원 시절 들었던, 퇴직을 앞두고 있던 옆 부서 팀장님의 말씀이 생각났다. '회사는 절대 배신한다.'라는 문법도 맞지 않는 그 말의 의미를 이제는 조금 알 것 같다. 절대로 쓸모없는 존재가 되지 말고 열심히 해서 어디에든 꼭 필요한 사람이 되라는 말이 아니었을까. 나를 둘러싼 환경이 복잡하고 어렵게 변하더라도 그 속에서 어떤 식으로든 자신의 '쓸모'를 지키고 있으라는 뜻일 것이다. 나의 역할을 찾아야 한다. 놓치기 아쉬운 사람이 되어야 한다. 그리고 이런 나의 '쓸모'가 오래도록 지속되길 바란다.

　쌓여 있는 전구 속에 어깨에 큰 짐을 하나씩 지고 살아가는 우리들의 모습이 보인다. 부디 우리 모두 오래가는 LED 전구이길.

✦ 행동은 작을수록 좋다

　　　　출근하기 싫다. 아침부터 이유를 알 수 없는 온갖 짜증이 몰려온다. 왜 이렇게까지 일해야 하는지 스스로에게 물어보며 억지로 몸을 일으켜 회사로 향한다.

○ ○ ○ ○ ○

먹고살아야 한다는 것 말고 일을 하는 다른 이유가 있을까.

신입사원 시절엔 일하는 것 자체가 좋았다. 사람들을 돕는 부서에서 일했기에 나름대로 보람도 느꼈다. 하지만 일한 지 10년이 넘은 지금은 처음의 그 마음을 도무지 찾을 수가 없다. 스케줄이 정해진 기계처럼 일하고 일상을 되풀이하는 나를 보기가 버겁다.

그러고 보니 나는 내가 하는 일에 별다른 '의미'를 부여하지 않은 채 살고 있었다. 원래 있던 의미를 일부러 내 머릿속에서 지워 버린 건 아닌데 그저 정신없이 살다 보니, 어쩌다 보니 이렇게 되었다고 말한다면 핑계일까.

간혹 어떤 것에서 '의미'를 찾는다는 게 난감할 때가 있다. 나에게는 '일'이 그랬다. 매일 똑같은 생활을 반복하는 기계적인 나와 무언가에

심취해 신나게 일하는 이상적인 나 사이에서 고민을 할 때가 많았다. 어쨌거나 이런 식으로 가다간 안 되겠다는 생각이 들었다. 이 마음이 계속되면 앞으로는 더 일하기 싫을 것이고, 지금보다 훨씬 힘든 아침을 맞이할 것이다. 아무래도 이건 좀 아닌 것 같다.

지금 하는 일을 통해 이룰 수 있는 '가치'를 찾아보기로 했다. 하지만 그 '가치'가 무엇인지 몰라 한참을 고민하다가 이렇게 정해 봤다.

'어떤 식으로든 타인에게 도움을 주는 사람이 되자.'

하루를 시작하며 항상 이 말을 마음에 심어 보기로 했다. 출근길 엘리베이터를 탔을 때 사람이 오면 열림 버튼 누르기, 문 잡아 주기, 지하철에서 어르신에게 자리 양보하기 등등 아주 소소한 것부터 실천했다. 도움을 주고 그들이 고마움을 표시하면 뿌듯함이 느껴졌다. 회사에서도 마찬가지. 매일 하는 똑같은 일이지만, 내가 일을 통해 만나는 모든 사람들, 전화로 응대하던 사람들, 서류에 적혀 있던 얼굴도 모르는 사람들을 생각하기 시작했다. 그리고 그들에게 도움을 주자고 다짐했다.

소소한 도움을 시작한 후 어느 정도 시간이 지났을 때, 문득 '일하러 가야지.'보다는 '도우러 가야지.'라고 생각하는 나를 발견했다. 억지로 하는 '의무감'은 줄었고 스스로 움직이려는 '자발성'이 조금씩 생겨났다. 대단한 건 아니지만 천천히 변해 가는 내 모습이 나쁘지 않았다. 아니 오히려 좋았다.

피곤하기만 한 삶 속에서 좋은 의미를 찾는다는 게 결코 쉽지는 않겠지만, 내가 하는 행동들을 통해 조금이라도 도움을 받는 사람들을 떠올려 보면 좋겠다. 우리 가족, 출근길에 만난 이웃집 할머니, 동네 아이들 그리고 회사에서 일을 하면서 만나는 고객들, 동료들의 얼굴도. 그 도움이 금전적인 것이든 심적인 만족이든 간에 타인과 나에게 '긍정적인 영향'을 주고 있다는 것보다 더 좋은 의미는 없을 테니까 말이다.

나는 여전히 아침마다 '10분만 더 자고 싶다.'를 외치는 평범한 직장인이다. 하지만 꾸역꾸역 출근하며 이루어 내는 작은 일들 속에서 어쩌면 즐거움을 찾을 수도 있겠다는 자신감이 든다. 하루의 절반 이상을 보내는 직장에서 의미를 찾을 수 있다면, 적어도 인생의 반 이상을 잘 살고 있다고 말할 수 있지 않을까.

돈을 대하는 마음가짐

학창시절 가장 싫어했던 과목은 수학이었다. 어려워서 싫었던 건지 싫어해서 어려웠던 건지는 모르겠지만 수학 문제집을 사면 항상 1단원에서 멈추곤 했다. 그 1단원의 제목이 아직도 기억이 난다. 바로 '집합'이다.

집합에서 가장 이해하지 못했던 것은 '필요조건'과 '충분조건'이다. 나는 아마 이 지점부터 수포자가 된 것 같다. 당시의 나에겐 굉장히 어렵고 헷갈리던 개념이었다. 'P→Q가 참'일 때, P는 Q가 되기 위한 무슨 조건일까. 충분조건? 필요조건? 솔직히 나는 지금도 무엇이 정답인지 모른다.

삶의 여러 가지 조건 중에서 '돈'에 대한 이야기를 빼놓을 수 없다. 인생에서 경제적인 부분이 중요하다는 건 알겠는데 그것이 필요조건인지 충분조건인지를 고민해 볼 필요가 있겠다는 생각이 들었다. 돈이 많으면 정말 행복할 수 있을까? 행복한 인생을 살아가기 위해 돈이라는 녀석은 반드시 우리에게 필요한 존재일까?

○ ○ ○ ○ ○

가난했던 시절이 있었다. 제대할 무렵 아버지의 급작스러운 퇴직과 함께 가세가 기울어 직접 등록금을 마련해야 했다.

아르바이트와 입시학원 강사를 병행하며 1년을 보냈다. 오전 7시부터 자정까지 이어지는 강행군이었다. 잠만 자고 일만 했다. 창창했던 이십 대라 체력적으로는 문제가 없었지만 하고 싶은 것을 할 수 없다는 사실과 돈이 없는 현실이 야속했다. 경제적인 제약에 사로잡힌다면 삶이 괴로워진다는 것을 처음으로 느꼈다.

20년이 지난 지금 나는 돈을 벌고 있다. 가족들과 지낼 집도 구했고, 차도 한 대 샀다. 경제적인 여건만 보자면 나는 그때보다 훨씬 더 풍족한 사람이 됐다. 그렇다면 나는 지금 그만큼 더 행복한 사람으로 살고 있는가. 돈이 없어서 힘들었던 그때보다 훨씬 더 풍요로운 마음으로 인생을 살아가고 있는가.

사실 별반 다를 게 없다. 돈 좀 번다고, 살림살이가 나아졌다고 반드시 행복한 것은 아니다. 나는 여전히 더 좋은 집에서 살고 싶고 더 좋은 차를 타고 싶고 더 좋은 걸 먹고 싶다. '돈이 많았으면 좋겠다.'라고 생각하자마자 지금의 내가 불행한 사람처럼 느껴진다. '살까 말까? 괜찮을까?'를 고민하는 순간 신세 한탄을 하는 불쌍한 사람이 되어 버린다. '내 친구들은 연봉도 높고 다 잘들 살던데.' 이런 비교를 하며 상대적 박탈감을 느낀다.

○ ○ ○ ○ ○

돈이 행복을 가져다줄 거라는 믿음. 가난했던 어린 시절과 조금은 풍족해진 지금을 돌아보니 꼭 그렇지만은 않을 수도 있겠다는 생각이 들었다. 돈이 중요하지 않다는 뜻이 아니라, 행복이라는 것은 반드시 돈에 좌지우지되지는 않는다는 의미다. 오히려 돈을 대하는 마음의 힘이 훨씬 더 중요한 것 같다.

생활을 위한 기본적인 수준에 도달하고 나면 돈과 행복에는 뚜렷한 비례관계가 없다는 연구 결과가 있다. 이것이 말해 주듯, 돈은 절대로 행복의 '필요충분조건'이 될 수 없다. 부족해도 행복할 수 있는 게 인생이다.

돈은 어렵다. 돈을 대하는 우리의 마음은 더 어렵다. 돈을 더 가지고 싶다고 생각하는 순간부터 사람은 변한다. 불행해진다. 그러니 돈에 얽매이거나 악착같이 집착하면서 살지는 않았으면 좋겠다. 정말 그랬으면 좋겠다.

여전히 나는 돈을 좋아하는 사람이다. 하지만 그것이 행복한 삶을 위한 '필요충분조건'이라고 생각하지 않기로 했다. 돈이 내 인생을 쥐고 흔들게 만들고 싶지는 않으니 말이다.

나눌수록 단단해지는 것

매월 20일이 되면 예민해진다. 월급날이기 때문이다. 직장인이 한 달 중 가장 행복해하는 날이지만 나는 그렇지 못하다. 이유는 딱 하나. 이번 달 가계부를 쓰고 월간 재정 상태를 점검해야 하기 때문이다.

아내도 그 무렵 월급을 받는다. 아내가 필수 지출과 생활비로 쓴 카드 대금을 제외한 나머지 금액을 나에게 보내고 나면, 우리 부부는 티격태격하기 시작한다. 사실 나 혼자 예민해져서 아내를 들볶는다는 표현이 정확하다.

"여보, 지난달 카드 값이 왜 이렇게 많이 나왔어? 정산 제대로 하고 보내 준 거 맞지?"

"나 못 믿어? 당신이나 잘해. 저번에도 친구들 만난다고 돈 많이 썼잖아. 그리고 인터넷으로 물건 좀 그만 사."

"아 정말. 내가 얼마나 그랬다고. 관리하는 게 얼마나 힘든지 아니? 정 그러면 당신이 하든가."

이런 말들이 기분 좋을 리가 없다. 매번 부족하다고 느껴지는 게 돈인데, 그게 당신 때문이라고 몰아세우고 나면 남는 건 서로에 대한 서운함뿐이다. 몇 번의 설전이 오가고 이제부터는 좀 더 아끼자는 훈훈한 약속으로 마무리하지만, 다음 달 20일이 되면 우리 부부는 똑같은 일로 또다시 설왕설래를 시작한다.

가정 경제의 대부분을 직접 관리하다 보니, 소위 '빵꾸'가 나는 달에는 내가 뭔가를 잘못한 기분이다. 마치 해야 할 일을 제대로 못했을 때 받는 압박감이라고나 할까.

이 압박감은 경제적인 측면에만 국한된 것이 아니다. 적당한 표현이 뭔지는 모르겠지만, 가족에 대한 애틋한 마음에서 시작되는 감정이다. 책임감이라고 말해도 되려나. 어쩌면 '부양 의무감'이라는 말이 더 맞을 것 같기도 하다.

시대는 빠르게 변하고 있지만 아직 대한민국 사회에서 '가장'의 개념은 여전히 남성 중심적이다. 직업 활동을 통해 돈을 벌고 그 돈으로 가족들을 먹여 살린다. 아주 오래전부터 이어져 온 사고방식이 우리 유전자 속에도 박혀 버렸는지 그놈의 의무감은 여간해서 없어지지 않는다.

물론 가정에 대한 책임감은 얼마든지 있어도 좋지만, 문제는 이것이 항상 좋은 것만은 아니라는 점이다. 가정의 중심이자 주체를 나 하나라고 생각하기 때문에 모든 상황을 혼자 고민하고 해결하려 한다. 그러다 보니 어느새 '가장'을 정형화된 나의 역할이라고 여기게 됐다. 지나친 책임 의식의 부작용이다.

이런 생각에 변화가 온 건 얼마 전 친구에게 들었던 이야기 때문이다. 아이 둘을 키우며 즐겁게 살고 있던 그녀에게 갑자기 시련이 닥쳤다. 남편이 교통사고를 당해 의식을 잃고 입원한 것이다. 급작스러운 사고로 정신도 없는 마당에 또 다른 문제가 생겼다. 입원 기간은 길어지는데 병원비를 결제할 방법이 없었다. 남편이 모든 경제사를 관리하던 터라 통장, 현금, 공인인증서 등에 대한 그 어떠한 정보도 가지고 있지 않았다는 거다.

혼자 관리하고 혼자 감당하던 그들 부부의 상황은 우리와 별반 다르지 않았다. 친구가 나 들으라고 해 준 얘기는 아니었겠지만, 마치 내게 충고를 해 주는 느낌이었다. 모든 것이 평안하고 좋은 상황에서는 별 문제가 되지 않겠지만, 갑자기 위기가 닥치거나 안 좋은 일이 생겼을 때는 어떻게 해야 할까. 아내와 가정 경제에 대한 공유 없이 이런 일이 발생했을 때 잘 풀어 나갈 수 있을까.

밖에서 돈을 벌어 오는 사람이 누구든, 그걸 관리하는 사람이 누구든 간에 가정의 경제는 남편과 아내 둘이 함께 떠받히고 있어야 한다는 사실을 깨달았다. 돈에 대해 얘기하는 걸 어려워하지 말고 적극적으로 공유하고 소통해야 한다. 하나보다 튼튼한 두 개의 기둥으로 가정 경제를 꾸려 가는 것이 훨씬 더 좋지 않을까. 이렇게 해야 하는 이유는 서로의 배우자를 위해서 그리고 사랑하는 아이를 위해서다.

가족에 대한 책임감은 얼마든지 있어도 좋다. 하지만 모든 것을 혼자 책임지기보다는 공유하고, 나누고, 이야기해야 한다. 나도 이번 달부터는 아내와 돈에 대한 얘기를 좀 해 보려고 한다. 매월 20일 즈음 습관적으로 해 왔던 잔소리가 아닌, 어떻게 벌고 어떻게 쓸 것인가에 대한 얘기. 이러다 보면 우리 가족의 미래에 대한 그림이 더욱 뚜렷해지지 않을까 한다.

과정에 성공이나 실패는 없다

　　어린이집이 방학이라 아내와 번갈아 휴가를 냈다. 저녁을 먹으며 다섯 살 된 아들 녀석에게 물었다.

　"아들, 아빠랑 둘이 뭐 할까? 차 타고 엄청 높은 산에 올라가 볼까? 육백마지기라는 곳인데 별도 엄청 많고 은하수도 볼 수 있대. 어때?"

　별생각 없이 던져 본 제안이었는데 의외로 아이가 좋아한다. 끄물끄물한 날씨에 비 소식이 오락가락했지만 별일 있겠냐며 곧바로 간단하게 짐을 꾸려 집을 나섰다.

　한참을 가는데 영동고속도로부터 장대비가 쏟아졌다. 이대로라면 은하수고 뭐고 아무것도 못 볼 것 같았다. 그냥 돌아갈까 말까 하는 몇 번의 고민 끝에 평창에 도착했다. 비는 그쳤지만 오밤중에 산꼭대기까지 올라가는 건 무리인 듯싶어 아랫동네 바위공원에 차를 댔다. 잠든 아이를 눕히고 밖에 나오니 바쁘게 움직이는 구름 사이로 깨알같이 박혀 있는 별들이 보였다. 이 멋진 광경을 아이에게 보여 주고 싶었지만 곤히 자고 있어 그러질 못했다.

○ ○ ○ ○ ○

다음 날, 아이가 육백마지기에 올라가자며 나를 깨웠다. 하지만 오늘도 날씨가 우중충했다. 저 멀리 산중턱에 두꺼운 구름층이 걸쳐 있는게 보였다.

"저거 보이지? 지금은 구름이 너무 많아서 산에 올라가도 멋진 풍경을 못 볼 것 같아. 우리 어쩌면 구름을 뚫고 올라가야겠는데?"

"구름을 뚫는다고? 어떻게? 신기하다."

"하고 싶어? 그럼 가 볼까, 구름 뚫으러?"

에라, 모르겠다. 그래도 여기까지 왔으니 올라가 보자. 시동을 켜고 육백마지기로 향했다. 그런데 다시 비가 쏟아진다. 꾸불꾸불한 길을 올라가면서도 내가 지금 뭐 하는 건가 싶다. 우리는 지금 무슨 풍경을 보려고 이곳에 올라가고 있을까.

한참을 올라가던 중 걱정이 현실이 됐다. 비포장 산길에 진입하자마자 눈앞에 거대한 안개가 나타났다. 10m 앞도 분간할 수 없는 희뿌연 세상이 펼쳐지자 아이는 무섭다고 울먹이며 엄마를 찾았다. 우리는 지금 구름을 뚫고 있는 중이라고 얘기했지만 녀석은 얼른 집에 가자며 보채기 시작했다. 결국 아무것도 못 보고 차를 돌렸다.

○ ○ ○ ○ ○

이번 여행은 망했다. 완전히 실패다. 요란했던 날씨 때문에 육백마지기의 풍경은 구경조차 못했다. 하물며 어젯밤 쏟아지던 별조차 하나도 보여 주지 못했다. 그럼 우린 도대체 뭘 하러 여기에 왔을까. 집에 도착하자 아내가 아이를 안아 주며 물었다.

"어땠어? 재미있었어?"

"말도 마라. 비가 어찌나 오던지. 구름 뚫고 육백마지기에 올라가다가 무서워서 혼났어. 다 내 잘못이지 뭐. 아빠가 괜히 가자고 해서 미안해. 별도 못 보고 재미 하나도 없었지?"

하지만 아이의 대답은 내 예상을 완전히 비껴갔다.

"아니, 아빠랑 여행 가서 완전 좋았어."

순간 망치로 머리를 한 대 맞은 느낌이 들었다. 비만 주구장창 내리던 날씨에 별도 못 보고 육백마지기엔 올라가지도 못하고. 대체 뭐가 좋았던 거지? 싱글벙글하는 아이의 표정을 한참 동안 지켜보다가 내가 뭔가 잘못 생각하고 있었다는 걸 알게 됐다.

육백마지기 하늘의 수많은 별들과 멋진 풍경을 아이에게 보여 주고 싶었지만 그러질 못했다. 애초에 정해 놓은 목표를 이루지 못했기에 나는 이번 여행을 실패로 규정했다. 하지만 아이는 그렇게 생각하지 않았다.

아이는 사랑하는 아빠와 어디론가 떠나는 것 자체가 좋았기에 함께했던 모든 시간이 설레고 행복했나 보다. 피곤함을 참지 못해 별도 못 보고 잠들어 버렸지만, 아이는 이미 별빛 가득한 하늘을 상상하며 아름다운 꿈을 꾸었을지도 모른다. 구름을 뚫는다면서 희뿌연 안개 속을 하염없이 헤맨 것 역시 녀석에게 즐거운 기억으로 남았을까.

아이가 생각하는 여행엔 '성공'이나 '실패' 따위가 없다. 목적지로 향하던 여정 자체가 즐거웠던 것이다. 어쩌면 이 녀석에게는 여행의 결과보다 그곳으로 향하는 전체 과정이 더 소중했던 게 아닐까?

그러고 보니 나는 지금까지 이 단순한 사실을 인정하지 못했다. 결과보다 과정이 중요하다고 말하면서도 마음으로 받아들이지 못했다. 결과만 중시하는 세상에 찌들었기 때문이었을까. 나는 왜 그렇게도 삶에서 벌어지는 여러 가지 일들의 결과만 놓고 성공과 실패, 좋은 것과 나쁜 것으로 구분하고 있었을까. 결과가 어떻든 그 자체로 중요하고 의미 있는 일이 생각보다 많다는 것을 아이를 통해 다시금 알게 됐다.

여행은 목적지를 정하고 그것을 향해 나아가는 과정이 있기에 더 즐겁다. 떠나기 전 계획했던 것들을 다 이루지 못하더라도 그 여행은 실패한 게 아니다. 어쩌면 예상치 못한 암초를 만나 더 기억에 남는 여행이 될지도 모른다. 인생이라는 여행에서 마주하는 수많은 삶의 단면 또한 마찬가지다. 좋은 결과를 얻지 못하더라도 갑자기 어려움에 봉착하더라도 그것을 실패했다고 규정지을 수 없다. 그래서도 안 된다.

부끄럽게도 지금까지 이렇게 살지는 못했지만 이제부터라도 마주할 삶의 시간들을 대할 때 조금 더 여유로운 마음이었으면 좋겠다. 마음대로 되지 않는다고 조급해하지 말고 어려움이 생겨도 실패로 단정 짓지 말고 그 자체가 하나의 과정이라고 생각해 보는 것은 어떨까. 그리고 과정 속에 숨은 의미를 발견할 수 있다면 훨씬 더 괜찮은 인생을 살 수 있지 않을까.

어쨌거나 이번에 못 본 육백마지기 방문은 다음 기회로 미뤄야겠다. 날씨 좋은 봄날이 되면 다시 한번 방문해 보련다. 그때는 환상적인 풍경과 은하수도 만나길 기대하면서.

나의 하루에 숨어 있는 새로운 가치들

정신없이 살다 보니 어느새 마흔이 넘었다. 나이가 들수록 시간이 빠르게 흘러간다던 어른들의 말씀은 틀리지 않았다.

훅훅 지나가 버리는 시간. 안 그래도 궁금했는데 오늘 아침에 이와 관련한 기사를 접했다. 나이를 먹을수록 시간이 빨라지는 데에도 과학적인 근거가 있다고 한다. 뇌의 기억능력이 약해져 받아들이는 이미지의 수가 적어지기 때문에 시간이 빨리 흘러가는 듯한 느낌을 받는다는 것이다.

시간의 흐름 역시 뇌가 인지하는 부분일 테니 노화에 따라 뇌 기능이 조금씩 떨어지면서 한 번에 받아들일 수 있는 정보나 이미지의 양 또한 줄어들겠지. 제법 수긍할 만한 얘기라고 생각하면서 서둘러 출근길을 나섰다.

회사에 도착해 몇 가지 일을 처리했다. 오전에는 미팅을 진행하고 오후에는 외근도 다녀왔다. 그런데 시계를 보니 아직도 퇴근까지 두 시간이나 남았다. 정신없이 보낸 하루 같았는데 왜 오늘은 시간이 천천히 가는 걸까. 아침에 본 기사를 적용하자면, 시간이 더딘 것 같았던 느낌은 오늘 하루 동안 많은 정보와 이미지를 받아들였기 때문일까? 근데 이걸 이렇게 해석하는 게 맞긴 한 건가?

쓸데없는 고민이라 치부하며 다시 업무를 보다가 이런 생각이 떠올랐다. 과학자들이 말했던, 우리가 나이를 먹을수록 시간이 **빠르다**고 느끼는 이유는 뇌의 기능이 떨어져서 그런 것도 있겠지만 어쩌면 우리가 실제로 받아들이는 정보나 자극의 양이 전보다 줄어들었기 때문은 아닐까? 어른이 될수록 새로운 것에 노출되는 기회가 적어지고 그에 따라 변화에 둔감해지기 때문은 아닐까?

인생의 굴곡이 '스펙터클'한 사람도 있지만 대부분의 사람들은 성인이 되면서 자신의 삶의 패턴을 정하고 거기에 맞추어 살아간다. 어제와 비슷한 오늘을 보내고 오늘과 비슷한 내일을 맞이한다. 매일 보는 풍경, 매일 마주하는 사람, 매일 하는 일. 하루가 '거기서 거기'이기 때문에 새롭게 받아들이는 정보와 이미지의 양은 당연히 제한되어 있을 수밖에 없다.

게다가 나이가 들수록 우리는 새로운 것을 접하고 받아들이는 것보다 관성이 시키는 대로 사는 방식을 선호한다. 그게 편하고 안전하기 때문이다. 새로운 것을 두려워하고 그 자리에 가만히 있으려는 습성 때문에 시간이 점점 빨라지는 것일지도 모르겠다.

물론 여기에 과학적인 근거는 없다. 그냥 내 생각이다. 하지만 만약 이게 맞다면 시간을 좀 더 길게 쓸 수 있는 방법은 어제와 다른 오늘을 살고 오늘과 다른 내일을 맞이하는 거다. 삶의 관성에 얽매여서 하던 대로만 살지 말고 끊임없이 새로운 것에 도전하고, 받아들이고, 이루고, 실패하고, 깨지고, 부딪혀 보는 것. 처리 속도가 느려 받아들이는 이미지가 적어졌다고 해도 일부러라도 더 많이 집어넣어 보자.

시간의 흐름을 몸으로 느낀다는 건 그만큼 세월의 소중함을 알아 가고 있다는 뜻일 수도 있다. 매일매일 반복되는 따분한 하루도 자세히 들여다보면 새롭다. 똑같아 보이는 일상도 각자의 의미를 가진 다른 시간이다. 단지 우리가 그렇게 보고 있지 못할 뿐. 거기에 숨어 있는 새로운 것들의 의미를 찾고 노력한다면 시간 참 더디게 간다고 느낄 수 있지 않을까.

누구에게나 하루가 주어지고 그 하루를 예측할 수 없다는 것은 어쩌면 인간에게 주어진 가장 큰 선물이 아닐까 한다. 예전에는 결코 알 수 없었던 것들을 하나둘씩 알아가는 재미도 쏠쏠하다. 누군가 내 머리맡에 놓고 간 시간이라는 선물을 아쉽지 않게 꼭꼭 눌러서 알뜰하게 써야겠다. 매 순간 최선을 다하면서 말이다.

소중한 것들을 위해 작은 불편함을 감수한다

인간은 망각의 동물이라 살다 보면 오래전 기억은 잊히거나 가물가물해지는데, 이상하게도 몇몇 기억은 오래도록 머릿속을 헤집고 다닌다. 그중에는 기분 좋고 행복했던 기억도 있지만 충격적이거나 불편했던 것도 많다. 몇 년 전 왕십리 화장실 사건도 그랬다.

오랜만에 대학 친구들을 만나 왕십리 뒷골목에서 저녁을 먹고 2차로 맥주를 마시러 갔다. 중간고사가 끝난 대학가 호프집은 어린 친구들로 가득했다. 화장실이 작아서인지 그 앞에는 담배를 피우는 이들과 일행을 기다리는 사람들로 북새통을 이뤘다.

비집고 들어가 볼일을 보는데 내 앞에서 손을 씻던 술에 취한 녀석이 갑자기 화장실 문을 활짝 밀어젖히면서 나갔다. 밖에 사람도 많은데 문 좀 당겨서 열지.'라고 생각하는데 문이 열린 채로 고정되면서 밖에 서 있던 몇몇 여학생들과 눈이 마주쳤다. 맙소사.

'미치겠네.'

하던 일을 중간에 멈출 수는 없어 엉거주춤하게 몸을 돌려세웠다. 얼마나 민망했던지. 그야말로 억겁과 같은 시간이었다. 볼일을 마치고 잽싸게 달려가 문을 닫아 버렸다. 빨리 처리한다곤 했지만 속은 이미 시커멓게 타들어 간 뒤였다. 몇 년이 지났음에도 그 상황이 생생하게 기억나는 걸 보니 꽤 충격적이었나 보다. 차라리 술에 취해 있었더라면 나았을지도 모른다.

한참 동안 문을 활짝 열고 나간 그 사람을 원망하다 보니 피식 웃음이 나온다. 원래 다수가 이용하는 공간에서는 화재 등의 긴급 상황을 대비해 양쪽으로 열리는 미닫이문이 설치된다. 그래서 당겨도 되고 밀어도 된다. 정해진 원칙은 없지만 상황에 따라 미는 것과 당기는 것을 구분해야 하는 경우도 있다. 나의 충격적인 경험처럼 말이다.

나는 그 일이 있고 난 뒤로 미닫이문을 열 때 항상 조심하게 됐다. 그리고 문을 열고 지나다니는 사람들을 관심 있게 살펴보다가 재미난 현상을 발견했다. 전부가 그런 것은 아니지만 많은 사람이 문을 밀어서 열고 있었다. 정확한 통계는 아니지만 열에 일고여덟은 그랬다.

○ ○ ○ ○ ○

많은 사람이 미닫이문을 열 때 당기지 않고 미는 이유는 그들이 가고 있는 방향과 문이 열리는 방향이 같아 힘이 덜 들기 때문이다. 미는 게 확실히 편하긴 하다. 그렇지만 밀어서 열면 당길 때보다 불편한 상황이 생길 가능성이 높다. 문 반대편에서는 안쪽의 상황을 잘 모르기 때문에 갑자기 문이 열리면 놀라기도 하고 문에 부딪혀 다칠 수도 있다. 편하긴 하지만 위험 요소도 있다.

문을 당겨 여는 것은 미는 것보다 조금 귀찮다. 일단 문을 열기 전에 멈춰야 한다. 내 쪽으로 당기는 힘이 필요하고 시간도 조금 더 걸린다. 하지만 미는 것보다는 확실히 덜 위험하다. 아주 단순한 이유다. 당기

마흔에는 잘될 거예요

는 것은 내 쪽으로 힘을 주기 때문에 타인에게 피해를 주지 않는다. 문을 당겨서 여는 것은 내가 가고 있는 방향에서 잠시 멈춰 서는 것이고 기꺼이 나의 영역을 양보할 수 있다는 뜻이다. 내가 조금 불편하더라도 문 저편에 있는 누군가를 위해 나의 에너지를 쓸 수 있다는 것을 의미한다.

○ ○ ○ ○ ○

살아가던 방향대로 진행하고 싶은 대로 내 마음대로 하는 것을 '밀다'라고 표현한다면, 우리 인생 역시 미닫이문을 여닫는 것과 별반 다를 게 없다.

미는 것은 편하다. 그래서 우리는 미는 것을 좋아한다. 많은 사람이 마치 문을 밀어내듯 삶을 살아간다. 편하기 때문에 밖에 누가 있든 말든 내가 해 오던 대로 산다. 그래서 여러 가지 불편한 일이 생기기도 하고 다른 사람에게 피해를 주기도 하지만 밀어내기에 익숙한 우리에게 당기는 일은 아직 어렵다.

나 역시 그랬다. 무심코 내뱉은 말이 타인에게 상처를 주기도, 다른 사람의 의견을 무시하고 내가 원하는 방식으로 업무를 처리하다가 일을 그르치기도 했다. 타인이 나의 영역을 침범하는 것은 그렇게 싫어하면서 정작 나는 그렇게 살고 있었다. 그동안 나는 미는 사람이었지 결코 당기는 사람이 아니었다.

잘 당기는 사람이고 싶다. 나의 영역을 아까워하지 않고 타인에게 내어줄 수 있는 사람. 사람들에게 선한 영향력을 끼치고 시기하지 않으며 타인의 허물을 내 쪽으로 끌어당겨 포용할 수 있는 사람. 눈앞의 편안함을 추구하기보다는 내 가족과 소중한 사람들의 행복을 위해 잠깐의 작은 불편함은 감수할 수 있는 사람.

앞으로 마주할 인생의 문 앞에서는 잠깐 멈춰서 주위를 둘러봐야겠다. 나 하나 편하자고 훌쩍 밀어젖히지 말고, 조금 불편해도 내가 있는 쪽으로 힘을 주려고 해 보자. 왠지 이렇게 살다 보면 좋은 일이 생길 것 같은 기분이 든다.

건강은 건강할 때 챙겨야 한다

#1. 낯선 공간

딱딱한 침대. 나는 지금 큼지막한 마우스피스를 입에 물고 적갈색 각진 베개에 머리를 의지한 채 비스듬히 누워 있다. 처음 보는 사람들이 우르르 들어와 가볍게 인사를 하더니 손에 든 주사기를 보여 주며 내게 말을 한다.

"기분 괜찮으시죠? 자, 이제 시작합니다. 좀 따끔해요."

언제인지도 모르게 스르륵 잠이 들었다. 이윽고 차가운 호스들이 입과 항문을 통해 몸속을 돌아다닌다. 아니 돌아다닐 것이다. 초록색 마스크를 쓴 의사가 무표정하게 모니터를 응시하며 내 오장육부를 헤집겠지.

눈을 떴다. 같은 침대다. 몽롱한 정신을 추스르고 호출 버튼을 누른다.

"깨어나셨어요? 이제 다 끝났습니다. 옷 갈아입으시고 2번 진료실 앞에서 기다리세요."

#2. 진료실

하얀색 가운을 입은 남자가 심각한 얼굴로 화면을 응시하고 있다. 몇 초간의 정적, 굳게 다문 입술. 이 어색한 분위기가 불편하다고 느껴지는 순간, 가슴이 철렁 내려앉는다. 설마…….

"선생님, 왜 말이 없으세요. 혹시 제가 좀 심각한 상황인가요?"

"저……. 어떻게 말씀드려야 할지 모르겠지만, 저희가 보기엔 암으로 보입니다. 이미 어느 정도 진행이 된 것 같고요. 오늘 바로 조직검사 의뢰를 할 테니 일주일 후에 다시 오세요."

"네? 암이라고요?"

"오늘 내시경이 처음이라고 하셨죠?"

"네…….'

"조금만 빨리하셨더라면 발견할 수 있었을 텐데."

"그럼 이제 어떻게 되는 거죠? 저 죽는 거예요? 얼마나 더 살 수 있는 겁니까?"

"정확한 건 조직검사 결과가 나와 봐야 알 수 있습니다. 일단 오늘은 귀가하시고, 연락드릴 테니 그때 다시 뵙도록 하겠습니다."

#3. 집에 가는 길

오만 가지 생각이 다 떠오른다. 내가 암이라니. 아내와 아이에겐 어떻게 말해야 할까. 난 이제 곧 죽는 건가? 정말 얼마 남지 않았다면 이제부터 난 뭘 해야 하는 걸까. 어떻게 인생을 마무리해야 하는 걸까. 마음이 너무나도 무겁다. 두렵다. 슬프도록 시리다.

문을 열자마자 아이가 "아빠!" 소리와 함께 달려와 품에 안긴다. 아내도 웃으며 나를 맞이한다. 그들의 얼굴에서 '사랑'이라는 따뜻한 공기가 흘러나와 피부에 닿는다. 나도 모르게 눈물이 주르륵 흘러내린다.

○ ○ ○ ○ ○

다행스럽게도 여기까지는 내 상상 속 슬픈 이야기다.

마흔이 다가오면서 부쩍 건강에 대한 걱정이 많아졌다. 마치 '건강염려증'이라는 또 다른 병에 걸린 것처럼. 잠깐이라도 통증이 느껴지거나 어디가 불편하면 혹시 큰 병에 걸린 것이 아닐까 걱정부터 앞선다. 그리고 이 걱정은 점점 더 심각한 상상으로 이어진다.

홀로 아이를 키워야 할 아내, '가족 사항' 칸에 아버지의 이름을 채워 넣지 못할 아들 그리고 자식을 먼저 보내야만 하는 나의 부모님. 불편한 생각은 꼬리에 꼬리를 물고 이어진다.

건강을 걱정하는 사람이 검사를 두려워하다니. 솔직히 말해서 나는 내시경 검사가 싫다. 카메라가 달린 호스가 내 몸속에 들어오는 것부터 끔찍하다. 벌거벗은 채 길거리에서 나뒹굴고 있는 느낌이랄까. 그런 이유로 나는 아직 내시경 검사를 해 본 적이 없다. 부끄러운 얘기지만, 솔직히 좀 무섭다. 매번 이런저런 핑계를 대며 검사를 미뤄 왔는데, 그러다 보니 벌써 마흔이다. 조금만 있으면 회사에서 의무적으로 내시경을 해야 한다.

진심으로 건강하게 살기를 바라는 내가 고작 내시경 검사를 두려워하고 있다. 원인을 알 수 없는 이 거부감. 이런 말도 안 되는 모습을 보고 있자니 스스로에게 꿀밤이라도 한 대 쥐어박고 싶다.

어쩌면 나는 눈앞에 들이닥친 불편함을 어떻게든 건너뛰고 싶은 철

없는 어린아이일지도 모르겠다. 그런가. 나는 아직도 겁쟁이란 말인가. 일어나 거울 앞에 섰다. 그 속에는 짙은 주름을 이마에 내어 준 아저씨 한 명이 서 있었다.

생소하다. 거울 속에 비친 내 모습이 아주 낯설다. 변해 가고 있다는 사실을 인정하지 못했던, 아니 인정하기 싫었던 지난날의 내가 얼마나 교만했는지 이제는 알 것 같다. 외모는 계속 변해 갔음에도 마음은 줄곧 제자리에 머물러 있었다. 왜, 언제까지나 같은 모습일 거라고 생각했을까. 어째서 내가 늙어 가고 있다는 사실을 받아들이지 못했을까.

나는 조금씩 노인이 되어 가고 있다. 야속하게 흐르는 시간은 어느새 과거라는 이름이 되어 사라져 간다. 사랑하는 사람들과 함께 보내는 시간이 길어질수록 이별의 시간 역시 한 걸음씩 다가오고 있다. 욕심이 생긴다. 언젠가는 반드시 오겠지만, 그 시간을 조금이라도 천천히 맞이하고 싶다. 그래서 그랬을까. 출근하는 등 뒤로 들리던 아내의 한마디가 온종일 머릿속을 맴돈다.

"여보. 올해는 꼭 내시경 해야 해. 알았지?"

나의 내시경 후기

40대의 첫 번째 목표였던 내시경 검사를 받았다. 그동안 해야지 하면서도 미루고 미뤄 왔던 일. 이번엔 용기를 냈다. 검사 당일 아침까지도 두려운 마음 반, 떨리는 마음 반으로 생애 첫 내시경 검사를 시작했다.

수면 마취를 했는데 중간에 깼다. 뭔가 부산스럽게 움직이고 있다는 느낌에 누군가를 불렀으나 어느새 잠이 들었다. 다시 깼는데 아직 안 끝났다며 조금만 기다리란다. 마취가 잘 안 들었나 보다. 그런데도 잡소리 한번 안 하고 조용히 잘 주무셨다며 칭찬도 받았다.

다행히 결과는 괜찮다. 역류성 식도염, 위염 증세가 조금 있고, 대장 쪽에서 폴립(용종) 두 개를 떼어 냈다. 조직검사를 하고 결과를 알려 줄 테니 일주일 후에 다시 오란다. 어쨌든 큰 병은 아니다.

첫 내시경을 하면서 가장 힘들었던 점은 관장약을 먹는 것도, 수면 마취를 하는 것도 아니었다. 바로 며칠 동안 식사 조절을 해야 한다는 것이었다. 검사 전에 먹어도 되는 것이 무어냐 묻고 싶을 정도로 먹지 말아야 할 것들이 참 많다. 게다가 검사 전날엔 흰죽을 먹어야 하고 설상가상으로 점심 이후부터는 검사할 때까지는 금식이다. 검사가 끝나도 마찬가지다. 죽부터 천천히 먹으라고 한다. 나처럼 폴립 절제술을 받은 사람은 이틀 정도가 지나고 이상이 없을 시 일반적인 식사를 하도록 권하고 있다. 즉, 꼬박 일주일 동안 음식 조절을 해야 한다.

고작 일주일뿐이었지만 먹고 싶은 걸 먹지 못했던 그 시간은 너무나도 길었다. 그리고 슬펐다. 평소에는 당연하다고 생각했던 것들을 못하게 되니 그것이 얼마나 소중한지를 다시금 깨닫는다.

있을 때 잘 하라는 말을 더 이상 가볍게 쓰지 말아야겠다. 지금 내게 주어진 모든 것들에 감사하면서 건강하게 살아야 한다는 걸 알았으니. 그런 의미에서 오늘은 내가 제일 좋아하는 떡볶이를 먹어야겠다.

내려가는 건 올라가는 것만큼 중요하다

　　내가 일하는 사무실은 15층짜리 건물의 중간쯤에 위치해 있다. 점심은 건물 지하에 있는 구내식당에서 해결하는데 대부분의 오피스 건물이 그러하듯 점심시간이 되면 엘리베이터를 타기가 어렵다.

　승강기는 위층에 있는 사람부터 하나둘씩 태우고 내려오다 금세 만원이 되어 버린다. 매번 이런 식이니 우리 직원들은 주로 계단을 이용해 구내식당으로 내려간다.

　하지만 우리 팀 김 부장님은 언제나 엘리베이터를 기다린다. 얼마 전에 무릎 관절 수술을 받았기 때문이다. 계단을 올라가는 것보다 내려가는 게 어렵다고 하면서 나이를 더 먹기 전에 관절 관리를 잘해야 한다는 진심 어린 충고도 함께 건네 주셨다.

　예전에도 비슷한 얘기를 들은 적이 있다. 계단을 오르는 건 운동 효과가 좋지만 내려오는 건 운동은커녕 관절에 무리만 갈 뿐이라는 것이다. 등산할 때도 마찬가지. 중력에 내 몸무게까지 더해져 관절에 전해지는 무게가 크기 때문에 산에 오를 때보다 내려올 때 훨씬 더 조심하고 주의해야 한다.

　어릴 때는 두세 계단 정도는 코웃음을 치며 뛰어다녔는데. 그땐 관절이 튼튼해서 그럴 수 있었을까. 어쨌든 이제 나는 그런 위험천만한 짓

　　　　　　　　　　　　　　　　　　　　　마흔에는 잘될 거예요

을 하지 않는다.

○ ○ ○ ○ ○

우리 삶도 이와 비슷하지 않을까. 올라가는 것만 힘든 줄 알고 살았
는데 시간이 지나고 보니 잘 내려가는 것도 만만치 않게 어렵다. 나이
를 먹을수록 가진 걸 버리기가 아깝고 쌓아 놓은 걸 잃어버릴까 봐 걱
정도 늘어 간다. 실제로 없어진 것도 아닌데 불안감만 커지는 기분이
다.

그러고 보니 항상 올라가기 위해 살았다. 더 좋은 직업을 갖기 위해,
더 많은 돈을 벌기 위해, 더 좋은 여건에서 살아가기 위해 나름대로 최
선을 다했다. 나뿐만 아니라 많은 사람이 올라가기 위해 각자의 최선
을 다하며 산다.

어릴 때부터 높은 자리에서 큰사람이 되어야 한다고 들어왔기 때문
이었을까. 아니면 경쟁에서 살아남아야 한다는 압박감 때문이었을까.
재미난 건 그렇게도 높이 올라가기 위해 정신없이 살았지만 돌아보니
그다지 높이 올라온 것도 아니라는 점이다.

높은 자리로 올라가는 것보다 인생에서 더 중요한 게 있지 않을까.
돈을 많이 버는 것보다, 동료들보다 빨리 승진하는 것보다 더 중요한
게 있는데 그걸 모르고 살고 있는 건 아닐까. 계속 올라가려고만 하다
가 소중한 것들을 놓치고 살지는 않았을까.

이제부터는 잘 내려가는 연습을 해 보려고 한다. 모든 걸 내려놓겠다

는 뜻이 아니다. 올라가는 일에서 한 발짝 벗어나 그동안 놓치고 있던 다른 가치들을 볼 수 있는 시각을 기른다는 의미다. 지금까지 타인이 만들어 놓은 기준 속에서 남들보다 잘 살기 위해 아등바등 노력했다면 앞으로는 내가 만든 기준 속에서 살고 싶다. 이러다 보면 나이를 더 먹더라도 내려가는 일이 어려운 것만은 아닐지도 모르겠다.

적당한 마음의 무게를 유지할 때

　　하루에도 몇 번씩 승강기를 탄다. 집은 물론이고 회사나 마트에서도 자주 이용한다. 심지어 요즘엔 승강기가 설치된 등산로도 있다. 승강기는 우리를 높은 곳이나 낮은 곳으로 데려다주는데, 직접 걷는 것보다 편안하고 빠르게 움직일 수 있다. 그렇지만 나는 승강기의 가장 중요한 요소로 편리성 대신 안정성을 꼽는다. 안전하지 않으면 아무도 이용하지 않을 테니까 말이다.

　　출근 시간에 회사 건물 승강기는 매우 바빠진다. 너도나도 급하다 보니 빈 곳이 없을 정도로 많은 사람이 승강기에 오른다. 승강기는 사람을 가득 태운 채 올라갔다가 쉴 틈도 없이 다시 내려와야 한다. 이 녀석도 힘들었던 것일까. 문을 열고 꾸역꾸역 사람들을 받아들이던 승강기가 지친 목소리로 정원 초과를 알린다.

○ ○ ○ ○ ○

　　승강기는 여기 있는 사람들을 모두 데리고 올라갈 수 있는지, 그럴 능력이 되는지 스스로 판단한다. 수용할 수 있는 무게를 넘어서면 경고를 보내고 한 사람이라도 내리지 않으면 아예 움직이지 않는다. 언제나 안전이 최우선이기 때문에 이렇게 설계된 것이다. 승강기는 제한된 공간이기 때문에 수용할 수 있는 한도가 있고 그걸 넘어서면 안전성을 담보할 수 없다.

 사람도 마찬가지다. 우리는 살면서 많은 짐을 들고 다닌다. 책임감, 욕심, 스트레스, 좀처럼 쌓이지 않는 통장 잔액, 조금만 실수해도 눈치 주는 회사 사람들, 말 안 듣는 아이들 등. 편안하게 잘 살고 싶은데 뜻대로 되지 않는 이놈의 현실은 어느새 큰 짐이 되어 내 마음속으로 들어와 버린다. 이것도 해야 하고 저것도 해야 하지만 마음대로 되지 않고 그럼에도 불구하고 버릴 것이 하나도 없어 내 삶은 언제나 정원 초과다.
 그래서 그렇게 갑갑했던 것일까. 마음속에 가득 찬 짐들 때문에 불안했다. 쉬고 있어도 무언가를 해야 한다는 압박감에 나를 돌아볼 여유도 없고 조급하게 살고 있는 느낌이었다. 지금보다 더 잘 살기 위해서는 무조건 더 열심히 하고 더 노력해야 한다고 믿었다.

 이미 정원 초과된 마음속 승강기를 운행하고 있는 사람이 많다. 우리는 그것도 모르고 더 많은 것들을 집어넣으려고 하지만 삶의 승강기는 절대로 경고하지 않는다. 본인이 알아서 판단하고 알아서 덜어 내야 안전하게 움직일 수 있다.
 어차피 오르락내리락해야 하는 것이 우리 인생이라면 최소한 지금 내가 정원 초과인 상태는 아닐지 짚어 보는 시간을 가져 보았으면 한다. 균형이 깨진 것도 모른 채 올라가려다가 인생의 안전을 잃어버리면 안 될 테니 말이다.

직장인으로 사는 게 뭐가 어때서

　　오늘은 월급날이다. 이상하게 이번 한 달은 좀 길었다. 지난 2월이 짧았던 것도 있겠지만 실제로 근무 일수가 많았다. 주 5일 근무도 이렇게 긴데 주 6일 근무는 어땠을지 상상이 잘 안 된다.

　　직장인으로 살면서 좋은 점은 매월 일정한 수입이 보장된다는 것이다. 언제나 부족하고 빠듯한 게 월급이지만 규칙적인 수입이 있기에 미래 계획을 세울 수 있고 안정적으로 삶을 영위해 나갈 수 있다.

　　물론 월요일 아침에 바쁘게 출근하는 직장인을 붙잡고 '지금 행복하십니까?'라고 묻는다면 열에 아홉은 아니라고 말할 것이다. 대답은커녕 눈이나 한번 흘기고 갈 것이다. 출근하는 수많은 직장인의 모습을 보면 안 행복해 보이는 게 사실이다. 그들은 월급이 주는 안정성을 선택한 대신 자신의 몸에 보이지 않는 끈을 매달고 산다. 피곤해서 더 자고 싶거나 어제 먹은 술이 아직 깨지 않았더라도 아침이 되면 몸을 일으켜야 한다. 끈을 부여잡고 회사로 움직여야 한다. 그리고 이렇게 말한다.

　　"언제까지 이렇게 살아야 하나. 지긋지긋하다."

　　퇴사를 결심한 사람들은 더 이상 회사의 노예로 살지 않겠다고, 자유를 찾고 싶다고 말한다. 어디에도 얽매이지 않는 사람으로 살고 싶다고 한다. 그러나 주위를 둘러보면 퇴사를 한다고 해서 없던 자유가 단번에 생기거나 인생이 확 변하지는 않는다. 물론 오랜 시간 차근차근 준비한 사람은 예외일 것이다.

특히 나처럼 부양해야 할 가족이 있는 사람에게 퇴사는 한낱 짝사랑일 뿐이다. 따박따박 들어오는 월급은 나와 내 가족의 삶을 지탱하는 토대요, 기반이기 때문이다. 이런 터전이 하루아침에 없어져 버린다면 꽤 혼란스러울 것이고 얼마간이 됐든 삐거덕거릴 것은 분명하다.

○ ○ ○ ○ ○

자신이 진정으로 원하는 일, 가슴이 시키는 일을 해야만 행복할 수 있을까. 이게 정답이라면 세상 사람들 중 극히 일부를 제외한 모두가 불행한 삶을 살고 있다는 뜻이 된다. 하지만 그렇지 않다. 돈과 마찬가지로 우리가 하는 일 역시 행복의 필요충분조건이 아니다. 우리는 지금 직장생활에서 얻는 안정성을 포기하지 않으면서도 얼마든지 행복할 수 있다. 반드시 그래야만 한다.

주말이 되면 마음 편하게 쉴 수 있는 것도 주중에 열심히 일했기 때문에 가능한 일이다. 풍족하진 않아도 규칙적인 수입 덕에 안정적인 경제생활을 할 수 있다. 회사에서 일어나는 일들 전부가 마음에 들 순 없겠지만 마음 맞는 사람들과 새로운 관계를 만들며 지낼 수 있는 것도 어찌 보면 직장인이 가질 수 있는 혜택이다.

당연히 나도 언젠가는 진심으로 하고 싶은 일, 가슴이 뛰는 일을 하면서 살고 싶다. 그게 언제가 될지는 모른다. 정년퇴직을 하든 아니든

마흔에는 잘될 거예요

간에 그것이 자발적이길 바라는 마음뿐이다. 그렇다고 직장인의 삶을 나쁘게 볼 필요는 없다. 명함 속 직함이 삶의 여러 가지 모습 중 일부이듯, 직장생활도 그저 인생의 한 부분일 뿐이다. 물론 일까지 즐겁다면 더할 나위 없겠지만, 설령 그렇지 않더라도 실패했다고 생각하지 말자. 너무 집착하지 말자. 그게 인생의 전부는 아니니까 말이다.

끊임없는 행복을 위하여

스테퍼는 크기가 작고 간편해서 홈 트레이닝 기구로 많이 사용된다. 스테퍼에 오르면 마치 계단을 오르는 것 같아서 계속해서 밟다 보면 어느새 송골송골 땀이 맺힌다.

스테퍼로 운동을 하려면 계속해서 양쪽을 누르며 오르락내리락을 반복해야 한다. 균형을 맞추려면 멈추는 수밖에 없는데 그러면 아무런 효과를 얻을 수 없다. 쉴 틈 없이 밟아대야 운동이 된다.

나는 행복이라는 단어를 마주할 때마다 스테퍼를 밟는 모습이 떠오른다. 누구나 행복한 삶을 꿈꾸고 그것을 찾으려 부단히 노력하지만 멈춰 있다면 그 어느 것도 이룰 수 없다. 설사 행복한 순간을 마주한다고 하더라도 거기서 끝나지 않는다. 남은 인생 동안 행복할 수 있으려면 계속해서 움직여야만 한다.

삶은 스테퍼와 마찬가지로 오름과 내림의 지속적인 반복이다. 삶에서의 균형은 평평하게 정지된 상태가 아니라 일정한 거리와 폭으로 계속해서 올라갔다 내려갔다 하는 것이다. 올라가는 인생이 중요하다고 말할 수 있겠지만 내려가는 것 또한 우리가 삶에서 필연적으로 겪을 수밖에 없는 중요한 일이다.

끊임없이 밟아 대며 오르락내리락을 반복해야 운동 효과를 보는 것처럼 우리가 찾으려고 했던 행복한 삶 역시 무언가를 위해 노력하고 움직이는 과정 자체가 아닐까. 매순간 행복하다고 느낄 수는 없겠지만, 온 힘을 다해 하루를 살아 내는 우리의 삶은 애초부터 그렇게 만들어져 있다는 걸 알았으면 좋겠다. 행복을 찾아가는 과정 자체가 행복한 삶이니, 오늘 하루도 이를 위해 부단히 움직이고 있는 사람들 모두가 행복했으면 좋겠다.

♦

더 좋은 어른이 되기 위한 시간

맙소사. 마흔한 살이 된 지금도 삶의 밸런스를 맞추기 위해 부단히 애쓰고 있지만 나는 여전히 삐거덕거리며 살고 있다. 흔들리지 않고 단단하게 살겠다고 다짐했건만, 작은 시련에도 흔들리고 별것 아닌 험담에도 상처받는 걸 보니 아직 갈 길이 멀었다.

그러고 보니 처음부터 내가 잘못 생각했던 것이 있었다. 삶은 이리저리 흔들리는 게 정상이었다. 누구나 열심히 살고 각자의 방식으로 삶을 개선하려 치열하게 노력하지만 쉴 새 없이 삐거덕거리고 부족하게만 느껴지는 게 인생이다.

어떻게 살아야 할까?

마흔이라는 나이가 주는 부담감이 나를 덮쳐 올 때 스스로 이런 질문을 던졌다. 하지만 도무지 답을 찾을 수 없었다. 그때부터 책을 읽고 글을 쓰기 시작했다. 여러 번 길을 잃을 뻔했지만 마음을 다잡고 쓰다 보니 여기까지 오게 되었다. 고작 책 한 권뿐이지만 지난 시간 동안 가졌던 삶에 대한 고민과 많은 생각들이 차곡차곡 쌓여 하루하루를 살아 낼 수 있는 영양분이 되었다.

전환점을 돌아 이제 후반전이 시작됐다. 지금부터 해야 할 일은 딱 한 가지다. 흔들리긴 하겠지만 그럼에도 불구하고 절대로 무너지지 않게 균형을 유지하며 사는 것. 좋은 건 즐기고, 힘든 일은 추스르고, 부족한 곳은 끊임없이 메워 가면서 말이다. 이것이 바로 내가 추구했던 잘될 수 있는 유일한 방법이 아닐까 싶다.

그래. 뻔한 답이지만 결국 노력이다. 열심히 배우고 실패하고 고치고 울고 다시 도전하면서 살아 보는 거다. 그렇게 하루하루 살다 보면 별 볼 일 없던 내 삶도 어느새 견고한 탑처럼 튼튼해져 있을 것이다. 삶의 균형을 잃지 않고 여기까지 달려온 나와 당신의 인생을 진심으로 응원한다.

나를 성장시키는
인생의 전환점에
지금 막 도착했습니다.

마흔에는
잘될 거예요.

마흔에는 잘될 거예요

초판 1쇄 발행 2020년 3월 9일

지은이 권수호
펴낸이 이광재

책임편집 김미라　　**편집** 문해림
디자인 이창주, 정아름　　**일러스트** 함승연
마케팅 정가현　　**영업** 허남

펴낸곳 카멜북스　**출판등록** 제311-2012-000068호
주소 서울 마포구 성지길 25 보광빌딩 2층
전화 02-3144-7113　**팩스** 02-6442-8610　**이메일** camelbook@naver.com
홈페이지 www.camelbooks.co.kr　**페이스북** www.facebook.com/camelbooks
인스타그램 www.instagram.com/camelbook

ISBN　978-89-98599-65-2 (03810)